剪刀石頭布，猜輸的當鬼。
一名男生負責踢鐵罐。當鐵罐踢飛，大家一哄而散，
紛紛躲藏，鬼也早已衝出撿鐵罐，放回圓內，
眼觀四方，開始抓人……

踢銅罐仔的人

黃春美

目次

輯二——狗一樣亂叫

輯三——踢銅罐仔的人

輯四——火車路腳

推薦序

淳雅的蘭陽書寫

——方梓（散文作家）

書寫是記錄，記錄過往，留住記憶／回憶。人生過往最美或最令人懷念的多半是童年或故鄉。

透過文學作品，我們認識作家的故鄉／家鄉，還有童年往事、吃食、景物、人物……，例如在黃春明的小說、散文我們了解他童年的生活、羅東的樣貌；閱讀楊牧的散文，我們得以一窺他年少的花蓮；從吳晟的詩和散文見識彰化的農村、農人／農婦的性格。

童年或故鄉／家鄉，一直是作家寫作的最初動力，童年艱困、匱乏的生活，在成年尤其是人到中年後彷佛鍍了溫暖的色調，去蕪存菁，成了最動人的紀錄片，而窮鄉僻壤也轉成一幅美麗的圖畫。

在黃春美的《踢銅罐仔的人》便是將童年的小吃、童玩、家鄉、親族書寫得淋漓盡致，輯一「味蕾之歌」幾乎是童年的吃食，還有宜蘭人的特色食物。

黃春美在回憶童年極為簡單的吃食，以最簡潔的文字調出令人垂涎「回味」，如〈麵粉煎〉、〈那些豬油事〉、〈王子麵〉單一味道，卻呈現紛紜的想像及懸念。輯二「狗一樣亂叫」以植物書寫及旅遊與有關的人事為主，不管是櫻花、落羽松、榕樹，或行旅的人、景等觀察細微，也折射出不一樣的人心人性。輯三「踢銅罐仔的人」寫生活碎瑣及陳年舊事。輯四「火車路腳」書寫家人，母親的篇幅最多。夾雜著兒時與現今，回顧摻和近況，較量歲月奔馳的結果。

黃春美的文字俐落簡潔，大部分篇章簡短，卻留有餘韻，如〈吃一碗扁食麵〉與母親談吃扁食麵和麵攤的事，母親回她「以前怎麼窮得那麼可憐」。〈陌生人〉的結尾如開放式結局的電影畫面。

黃春美寫人物謹慎卻很深刻。寫母親尤為鮮活，少年的母親失學，失去一眼，婚後丈夫嗜賭，經濟拮据如何持家，老年後的自理，尤其母親的想望能讀寫，從日曆、廣告紙……「偷學」認字所展現的生命力及生活哲學。〈九重葛〉寫領養兒子至成長過程，兒子的「反骨」如栽植的九重葛，自有生長模式，需要才澆灌。

黃春美善於描述，說景述情深植人心，〈調羹〉衍出親人患病，調羹是盛藥不是盛湯的器皿，幽微的傷感如湯藥盈滿調羹；〈濡貼的日子〉寫出四、五年級女性經期時處理及沒有衛生棉年代面對血潮的種種心事。

家族紀事也是散文書寫主要題材的來源。輯四「火車路腳」大半敘述家人，父母親輩、孩子、孫女，時空跨越幾十年，横經直軸鋪敘父家的叔叔們，母家的舅舅、阿姨們家族紀事，故事精彩頗有小說的芻形。

宜蘭的作家不少，但以男性居多，黃春美以女性的細膩及感性寫出瑣細的宜蘭過往與現今的人事物，作品真誠與淳雅，讀來如一杯清鮮卻回韻不絕的茶湯。

輯一——味蕾之歌

好香的臭豆腐

聽母親說，她肚裡有小妹的時候，嚴重孕吐，特愛吃臭豆腐，然而，彼時三餐都成了問題，不敢奢望。她曾說，聽到巷口傳來臭豆腐的叫賣聲，很想吃，卻不敢向當時一手掌家，一手「擲十八豆」的祖父開口要求買來吃。

母親娓娓敘說，我問她，可曾向祖母、父親提起？原來，家裡收支，全由祖父經手，祖母哪來的閒錢，而父親和祖父一樣沉迷碗公裡那幾顆方豆，因此母親終究沒提。

女人害喜時，嗅覺、味覺的喜好怎能說改就改，夠惱人的。醫生說是荷爾蒙改變，我卻懷疑會是胎兒隔著肚皮，透過母親尋找上輩子依戀的食物。然而，一個女人每個月要面對那件麻煩事；懷孕時，會突然對食物或味道產生偏執與厭惡；更年期時，體內的各種化學變化等等，這提醒我還是向荷爾蒙之說俯首吧。

曾經，母親好不容易存了一點阿姨好心給的零用錢，正高興能享有一盤臭豆腐時，卻因為我嘴饞，在一旁哭吵著，於是，母親只吃了一小口，夾了幾口酸菜，流著眼淚把臭豆腐讓給我。

當時我大約四歲，怎麼樣也想不起我曾在大腹便便的母親面前搶吃她好不容易盼來的一盤臭豆腐。第一次聽母親聊起這段往事，像是聽著別人家發生的事，漸漸地，那盤我毫無印象的臭豆腐，經常就像是往安靜的池子裡投進一枚小石頭般，砰然一聲，時不時就激起漣漪，一圈一圈泛開，總想要彌補母親什麼似的。

曾特地開車載母親到鎮上北成國小對面、冬山火車站前、中山休閒農業區等稍有名氣的店家，叫盤臭豆腐吃，好補償她當年被一隻小獸搶去美食的遺憾。

剛起鍋的臭豆腐，香氣四溢，吃起來外皮酥脆，裡面鬆軟，沾了店家自製調配的醬料，再配上酸菜或泡菜，非常入味。有時，與母親吃過一家便玩笑問起，這家臭豆腐是不是當年害喜時要的味道？母親總是笑著說：好吃！好吃！味道都差不多，現在不會那樣想吃了，也不能吃太多油炸類食物，上了火，晚上睡不著。

油炸臭豆腐很香，那味道很容易讓人想起幾十年前，家裡那幾塊生豆腐的臭味。

那時我就讀國中，有一天，放學才進門，惡臭熏鼻，猶如多日未換洗的汗襪混合著鼠屍味，我邊喊，邊往廚房走去，母親正從一袋混濁的液體中掏出豆腐清洗。我立在一旁看著那顏色死白的臭東西一一入鍋，原本猖狂的味道，經油炸的馴服，馬上被香香的酥黃取代，母親的手藝不輸商家。我為人母後也曾自己炸臭豆腐，但從菜市場買來的生豆腐，已不那麼臭了，許是化學藥劑代替傳統發酵方式，以求速簡行銷吧。

有一天，聽朋友說起，羅東電信局旁有家店，不只賣油炸的臭豆腐，還有清蒸、麻辣、雞燉、脆皮等多種口味，於是，下班後特地買了兩份清蒸臭豆腐回家與母親共享。母親沒有我預期中那種吃了之後不停「呵～一～ㄎ～」的誇張表情，依舊是淡淡的喜悅與簡白的讚美：「嗯，好吃！好吃！」在我呼嚕呼嚕一大碗入胃後，怕燙而慢食的母親又舀了一塊，放進我的空碗裡。

「這是清蒸的，不上火，可以多吃。」我說完夾還給她。

「你自己也要多吃，不要怕胖。」母親又把臭豆腐夾回給我。

爆米香

「爆～米香！爆米香來喔！」孩童時期，爆米香三輪車總會不定期在下午三四點來到稻埕。那時候，遊戲中的小孩馬上停止玩樂，紛紛聚攏；大人則一個個手捧一大杯白米，從屋子裡快步邁出。

才一會兒，地上已站了長長一排鐵罐，它們依序排隊，先來的先爆。有的大人忙家事，匆匆算好自己的罐子排第幾個，轉個頭又回家繼續忙，邊忙邊數算第幾聲「砰」之後就輪到自己的了。

在回憶裡，地上排隊的鐵罐，是我難忘的一幅風景。那年代，鳳梨罐頭、水梨罐頭等等，都算奢侈品，除非大拜拜或重要年節祭拜，平時不容易嘗到。因此，連空罐子都顯得珍貴，通常大人將它洗淨擦乾後，拿來當量米杯或做其他用途。

師傅將白米倒進一個像橄欖球形的壓力桶裡，然後以爐火加熱增壓，並慢慢轉動鐵桶。約十五分鐘光景，轉動中的鐵桶漸趨緩慢，令人興奮的時刻即將到來。師傅高聲嚷著：「要爆了！要爆了！」我們一聽，立刻摀耳屏息期待，大人怕嬰孩受驚，則是一手摀住自己的耳朵，一手把孩子攬在懷裡。

「耳朵摀住了沒？」師傅邊說邊推倒壓力桶，再把裝米香的大網子接在桶子口。明明大家已經摀住耳朵了，爆米香師傅卻還要再問一次。原本期待的一顆心，被師傅一撥弄，就又更緊張興奮了。

「好了！好了！」大人、小孩邊點頭邊說好，眼神全專注在那個大鐵網。

「要爆囉！」師傅又嚷了一次，接著手持一根扳手，穿過網子，小心翼翼扳開鐵桶蓋。霎時，一聲巨響，白色煙霧四處瀰漫，粒粒飽滿的米香從桶口噴射而出，彈指間，鐵網裡飄散出一股熱熱淡淡的香氣。

師傅將鐵網裡的米香傾倒在大木盆裡，倒入砂糖、麥芽糖，攪拌均勻後，迅速將黏黏的米香倒入四方形木框中，再灑些花生米，最後以桿麵棍來來回回擀平。這時，圍在師傅面前的小孩目不轉睛地看著熱騰騰的米香，等待著溢出木框外那些可以免費吃的。

種田的人家，吃米不花錢，就以一杯白米拿來爆米香，一杯拿來抵算代工費。有些阿嬸阿姆，為了省錢，只爆「散粒仔」，也就是只將白米爆好，不再加砂糖和麥芽糖，直接倒出鐵網裡的米香裝袋。散粒的米香在裝袋時，一樣「吸睛」，嘴饞的孩子早跪在地上等著搶掉落地上的米香。

我的童年，也吃了很多米香，但絕少是那些現爆的米香，大都是祖母從新嫁娘那兒帶回家的。在我出生前，祖母便是專職媒人，因此家裡不時出現以紅紙包覆的長方體米香，那是習俗上新嫁娘婚後三天歸寧要帶回家的禮物。祖母得陪著新郎、新娘一起回娘家，當然也會為祖母準備一份。

新娘的米香，通常是在鍋子裡炒，米粒小，較硬，沒有現爆米香的鬆脆口感，然而，肚子餓或嘴饞時，泡熱開水吃，倒也是一餐美味的點心。

爆米香流動攤販雖不若昔日風光，但有些卻化身為孩童生活裡的「米果」「仙貝」，有些則悄悄成了餽贈親友的喜慶伴手禮。羅東鎮農會一側，還擺了一個爆米香流動攤子，下班，我特地去找尋那「砰」的一聲，然而，老闆說每天九點至十點才會現爆，我看了現有的花生、薏仁、芝麻、海苔等口味，隨意挑了兩袋回家。

王子麵的記憶

我讀小學四年級時，學校合作社賣起王子麵，一包二元五角，當時我的零用錢是一天五角，通常都存進竹筒裡，但王子麵酥脆微鹹，愈嚼愈香，想念那滋味時，就用鐵絲或髮夾挖錢買來吃。

拆開王子麵，撒進附加的調味料後，不等入口，捏捏壓壓的聲音就會帶來歡快。下課時，手握一包王子麵不只滿足了口慾，也是一種流行。這零食不同於麵包餅乾，一分吃就失了大半，教人心疼。一包王子麵捏碎乾吃，至少可以吃上半小時，它讓很多人大方起來，或把麵倒在對方手心，或你一口我一口，相互請吃，最後剩下的碎渣渣，仰頭張口，連調味料一傾而盡。

如果上課鐘響了，王子麵還沒吃完，進教室後不久，兩隻手就開始蠢蠢欲動。好不容易盼到老師轉身寫黑板，趕快偷抓一把塞進嘴裡。有時老師坐在教桌前上課，久久不起身，那就故意讓擦子或鉛筆掉了，蹲下來撿時，趁機抓一口吃。

王子麵袋中附了集字券，只要集齊五個字可以得到一部迷你車。記得是「我愛王子麵」，但有人說是「王子麵最好」。我和同學、鄰居很快就收集了四個字，而永遠不出現的都是同一個字。有一天，班上的阿嬌拆開王子麵時尖叫，原來她集齊五個字了，我們爭相看了那個珍貴又稀罕的字後，她趕緊跑到合作社兌換。

幾天後的朝會時間，升旗台上忽然出現一部迷你車，唱完國歌後，校長親自頒獎給阿嬌，並且鼓勵大家不要氣餒，都有機會。阿嬌站上司令台實在太神氣了，繪畫比賽、國語文競賽獲獎同學領獎時也沒她的掌聲多。從此，阿嬌就騎著那部迷你車上學，也常見她在路上轉啊轉，有時轉進我家稻埕裡，她騎車時的身影，輕盈自在，真令人羨慕啊。

阿嬌得獎後，學校又公開頒獎兩次，其中一次是頒給路口一家成衣廠老闆的女兒阿玲，她和妹妹是同班同學，母親就在她家工作。阿玲常莫名兇人，本就不受人歡迎，這下騎車看人的神情高昂，眼神驕傲，又更加令人討厭。我也因此愈吃愈多，然而，那個稀奇的字總是不現身。有一次牙疼了，母親說王子麵油炸過，乾吃燥熱，吃太多上火，要我別再吃了。

牙疼過後，某日傍晚，我和鄰居在稻埕上共吃一包王子麵，玩得正盡興時，聽說馬路上雜貨店前一輛大卡車輾死人。我們好奇，衝出巷子，鑽進人群觀看。一張隆起的草蓆上覆蓋了一塊白布，白布上滲出血漬，一部變形的迷你車倒在一旁，驚嚇中，聽到引擎聲，一個中年婦女騎摩托車來到現場，機車應聲倒在腳踏車旁，引擎仍在，她跳下車子嚎啕大哭，跪在地上不斷捶打。她是成衣廠的老闆娘。

回家後，握在手中的王子麵，才吃幾口就全吐出來。此後將近半年，我沒再吃王子麵，也斷了集字的念頭。

吃一碗扁食麵

我六歲那年，血尿住院，祖父買了幾回扁食麵來。我吃著美味的湯麵，很快就把解尿時的灼痛感忘在一邊，並且發現，生病住院常常有麵可以吃，住院可是難得的幸福。有一次吃完麵，我問母親，如果你住院，比較喜歡住內科病房還是外科病房？都不要，都不喜歡。追問，要選一個。回說，不得已才住院，誰喜歡住院。我不解，住院，能多吃幾碗麵，何以不喜歡？

往後，有一次感冒喉嚨痛，但母親只讓我喝黑松沙士加鹽巴降火。沙士雖難得喝，然而，滋味哪比得上一碗扁食麵。我心想，可能喉嚨痛達不到看醫生的程度，如果吐了，母親就會帶我去醫院。就算沒去醫院，也會去西藥房請藥師開藥打針，打完針，她就會帶我去吃麵……於是，我把手指頭伸到喉頭摳，希望能嘔出東西來，但只是噁噁幾聲，摳了又摳，不但沒摳出母親的關注，反倒嗆出兩汪淚水。

當時，羅東只有兩家扁食麵店，醫院外中正南路廟旁木造矮房那家，麵真是好吃，連夫妻身上都有高湯的氣味，是我們五個兄弟姊妹病痛時的撫慰，也是乖乖打針的「獎勵」。我喜歡坐在男主人斜後方，看他專注下麵時的側臉，也喜歡看女主人等麵時，既閒適又發呆的神情。因此，看醫生雖害怕打針討厭吃藥，卻莫名竄出一種難以言喻的小愉悅，其中又有著微微的神氣昂揚，於我如此，於弟弟妹妹大概也是。

我曾經牙痛，母親幫我塗抹綠油精、貼「撒隆巴斯」、在蛀洞塞味素、點「齒治水」都無效。我痛哭了，漸漸的，臉頰腫出一顆大饅頭，母親又聽人家說燉紅芭樂葉心喝了有效，也燉給我喝，但還是無效。直到我痛得不敢合嘴，飯無法吃，稀飯也沒胃口，她才帶我到西藥房隔壁的牙科就診。

診後，到廟旁叫了一碗扁食麵。單看著飄浮的油蔥與芹菜珠，那香味與色水就夠安慰人了，何況大骨高湯煮的麵。母親說，「燒，慢慢吃。」然後把麵撈在湯匙上吹氣後給我。我無法咀嚼，舌頭挑它幾下，才吞食。母親又舀起扁食，吹涼後餵我，我用舌尖頂破，感受碎肉香，才緩緩嚥下。麵吃完了，湯也喝乾了，病痛都好了，連碗裡的花色都漂亮起來。

以前吃麵總是慢慢吃，免得奢望來的一碗麵很快就吃完。直到有一天，我忽然明白，生病才可以吃麵不是一件幸福的事。

此後，對麵店的記憶就淡去了。直到高職畢業後北上工作，某日返鄉，經過麵店，瞥見店面一如過去陳舊樸拙，那煮麵的男主人，身子已駝出一座小山，端麵的妻子神態虔敬，身形依然瘦小。高湯鍋冒著白煙和香氣，把男主人的臉都模糊了，我一時情感湧滾，走進店家，點了一碗扁食麵。

幾年後，麵店歇業一段時間，後來架起喪棚。又幾年，取而代之的是一家小咖啡店。月前輾轉得知老闆租下這家店時，從店家那兒接收了幾隻瓷碗，我於是帶了一本書去換得兩隻，一大一小，不同青花紋飾。把碗捧在手上，有了溫度與香味，湯麵的色澤浮在碗裡，店家夫妻的身影，未裝修的木造矮房，木桌、板凳一一閃現眼前。

我拿碗給母親看，告訴她這碗的由來，問她認不認得，還告訴她我小時候問她住院的事和摳喉嚨的過往，她嘆說以前怎窮得那麼可憐。

麵粉煎

童年時期，每次颱風來臨前，祖父照例外出採買家用，回家時，腳踏車手把一側必多出一袋麵粉煎。停電的夜晚，屋裡黑漆漆，燭光下，全家人吃著灑了砂糖和芝麻的麵粉煎，牆壁上晃動著的光影彷彿都甜了起來。麵粉煎好像是為了這一天而吃。

於我，那種甜甜的「颱風麵粉煎」，是帶著狂風暴雨的印記。而此刻回憶，另一種鹹的「家常麵粉煎」，卻也一併被召喚出。

祖父過世後不久，母親便外出工作，中午，有時祖母煎麵粉煎給我們吃，有時我們自己煎著吃。這種麵粉煎，不加泡打粉，不加牛奶，麵粉不問低筋、中筋或高筋，雜貨店阿嬸舀給你的就是了。還有，蔥花多少、水幾杯、鹽巴幾匙，都是「大約」，而蛋太奢侈了，通常只加一顆，有時不加。全部攪拌均勻後，下油鍋慢火煎，黃熟後，反面再煎。我家沒有平底鍋，一般鍋子很難煎出圓圓大大的一塊，再等分刀切，於是，起鍋前便用煎匙切塊。這種麵粉煎脆軟，不似「颱風麵粉煎」切成漂亮的三角形，內層厚，還可以手握著吃，不過，吃起來卻多了一種麵粉的扎實本色。

我為人母後，也把家裡的麵粉煎帶到夫家餐桌上，口味大致依循過去。為了讓孩子在精緻的澱粉之外，還能吸收到蔬菜的營養，除了蛋，有時多加了切成細絲的紅蘿蔔，有時是剁碎的高麗菜，或切丁的洋蔥；有時也加牛奶、加糖、撒芝麻。小孩喜歡一旁幫忙攪拌，稍大，自己握起鏟子，變化口味，火候控制不好，端上桌的麵粉煎，有時過焦、有時支離破碎，然而，初試「作品」，入口都是美味。

住家附近，一所小學對面的騎樓小攤，就賣麵粉煎。那日下班，「麵粉煎」三個紅色大字，在即將崩塌的烏雲下，遠遠地向我招手。我停車購買，等候的同時，也與老闆聊起童年「颱風麵粉煎」二三事，而老闆談起承襲父親工作近十年，芋泥、紅豆、玉米、蘿蔔絲等口味都是後來增添的等等。一會兒，平底鍋內的麵皮開始冒泡，老闆撒上黑芝麻和砂糖後，迅速對摺成半月形，然後切成七塊，分裝在紙袋，並提醒我趁熱吃。

一樣是薄薄的紙袋裝著厚厚的麵粉煎，一樣的本味本色，幾十年前，小女孩握在手上，一小口一小口慢慢吃，她用舌尖探出砂糖的顆粒，然後，讓顆粒在舌間滾動，不等融化，又推到兩排門牙間，待糖粒站穩，再輕輕咀咬，一咬，便融得快，如此，再找一顆來滾，來咬。當麵粉煎吃完了，小女孩把紙張撕開，舔著紙袋內黏著的殘留餅皮，像隻小貓舔著器皿裡剩餘的魚肉屑那般。啊，彼時颱風前夕的麵粉煎。

細雨紛飛，一部藍色貨車靠過來，搖下車窗，直接在車上喊買：紅豆、蘿蔔絲各一；接著，年輕學子、大人、小孩，全聚攏了過來。不知怎地，這場景，此刻，竟顯得格外溫暖，也教我突然想起移居台北多年的同學，曾在臉書問起羅東哪裡賣傳統麵粉煎，並且特別說明，是很大一塊煎好對摺那種。我回覆後，他又說，台北那種一鍋一片的麵粉煎，就是差了個不知道怎麼形容的味道。原來，麵粉煎是我的懷念，也是同學的鄉愁。

回家的路上，我撫摸那一袋隔著水蒸氣的溫熱取暖，忍不住取出一塊吃了幾口。

菜脯

冬天是蘿蔔盛產的季節，當季的蘿蔔鮮甜好吃。聽母親說，過年後蘿蔔的價錢便宜，所以做菜脯要在過年後才划算。其間，母親去菜市場，就四處詢問蘿蔔價錢，滿意，通常一次購買一百斤。

菜販將蘿蔔卸在屋子前，堆得像一座白色的小山，我莫名的興奮。母親從廚房接水管到稻埕，又搬出大澡盆、矮凳、砧板、菜刀等等，然後和祖母忙清洗蘿蔔，切瓣，日曬。

初春的陽光下，鄰居紛紛曬起蘿蔔。稻埕排了一條條各家的長板凳，板凳上襯著一個個竹篩、幾片厚竹簾，甚至門板也拆下派上用場。一瓣一瓣的蘿蔔整整齊齊排列其上，白得亮眼奪目，白得安靜又熱鬧。

經過一天的曝曬，傍晚，祖母把蘿蔔收進浴盆，撒粗鹽揉搓，再倒進大陶缸。至於蘿蔔和鹽巴的比例，祖母全記在腦子裡，即便蘿蔔總重量改變，她腦子裡也隨時有一部計算機可換算。

接著，就輪到我上工了。不待祖母示意，我已把雙腳洗淨，用毛巾擦乾，捲起褲管，踩上矮凳，爬進陶缸。

初曬的蘿蔔仍鮮，一踩，它便跳開，不小心還會跌倒，有時，乾脆雙手抓著缸緣，雙腳一起跳著踩。踩蘿蔔一點也不好玩，為了那五角的獎賞，正月，雖有陽光，天氣還是冷得刺骨，雙腳在稜角分明的蘿蔔堆裡猛踩，而鹽巴顆粒又粗，常常踩得腳底腳踝分不清是疼痛還是冰冷。蘿蔔得踩很久才會泌出汁液，才會縮小，到後來，雙腳總是痛麻得好像不是自己的。

我爬出陶缸後，祖母就壓上幾塊乾淨的大石頭，好壓擠出更多的湯汁。

第二天，倒掉湯汁後，蘿蔔又重新曝曬。傍晚，收起蘿蔔，再次鹽漬後，我照樣要負責踩蘿蔔。如此，四、五天後，蘿蔔水分收得恰好，發軟，就成了菜脯。

祖母和母親將菜脯切塊，我和妹妹負責把菜脯塞進酒瓶裡。我們每塞幾塊就要以竹棍戳緊，不能留有空隙，直到塞滿。最後，一瓶一瓶整整齊齊排在客廳供桌下。這樣的分量，足可吃上一年，只是，時間會在瓶身結上蛛網，也會褐了菜脯的顏色。但，照樣吃，剁碎煎蛋尤其香；颱風天或淹大水時，配饅頭配稀飯便能果腹。

在貧窮的年代，菜脯是家裡飯桌上每天的佐膳之一，它就像飯桌上的白米、地瓜，出現得那麼自然，然而，對住在台北的大姨一家人而言，每天桌上豐美魚肉，一碟菜脯彷若珍饈。每回他們回羅東，祖母一定會特別吩咐母親贈送一瓶。我不喜歡吃塊狀菜脯，但喜歡菜脯剁碎後加細蔥段煎蛋吃，那也是母親經常為我準備的一道便當菜；我也喜歡買那種包了肉鬆與碎菜脯的飯糰，除膩提味，增加嚼勁感。

祖母過世後，當年那只用來踩壓菜脯的大陶缸成了倉庫裡積塵的古物，母親雖仍繼續製作菜脯，不過，數量已大為減少。這幾年，少鹽的健康觀念普遍，以致家裡一瓶菜脯總要吃上幾年，最後往往吃不完丟進廚餘桶。我們勸母親別再曬菜脯了，後來，她將蘿蔔切小小塊，直接以佐料醃漬，再分裝在小玻璃罐，送給我們。這種蘿蔔乾，水分多，不那麼鹹，微甜，吃起來脆，口感也好，但不若傳統菜脯，涵養了陽光的香氣，也無法剁碎煎出香噴噴的菜脯蛋。

到菜市場買菜時，若偶遇路邊有老婦賣起玻璃罐裝剁碎的傳統菜脯時，不免稀奇，蹲下拿起來瞧瞧，聊上幾句，然後，買一罐回家。

其實，家裡冰箱還有母親醃漬的菜脯，也並不那麼愛吃。只是，當昔時熟悉的食物味道逐漸失去了線索時，總會想要找尋一下。

醃冬瓜

在宜蘭的鄉下，季節會有明確的主題。盛夏時節，稻埕上的竹篩子鋪滿了冬瓜塊、豆腐乳、豆豉、大黃瓜等等。冬末，則輪到「著時」的蘿蔔上場。儘管生活步調快速，逐漸改變了傳統飲食習慣，但依然無法將醃製食物從許多人的記憶中抹掉，於是，他們依著季節的時序，載入了一種恆常的儀式，那是生活的一部分，也是一種價值與感情了。

我娘家屋後有一排老醬缸，以前專用來醃這醃那的，祖母過世後便功成身退，積塵結網，被容量小很多的玻璃缸取代。幾年前，老家翻修，母親正愁著這些醬缸不知擺置何處時，我搬走了三只甕。其中之一，甕身破舊，修補了一大片灰白水泥，還緊緊箍了幾圈鏽鐵絲。我刷洗乾淨後，三只甕全放在大門入口處玄關桌下當擺飾，丈夫多次嫌那只破甕醜，要我丟掉，我不肯；後來，要我搬到倉庫，我仍不肯。最後，我把兩個好甕和那只破甕一起搬到書房門口外，排成一列，我的愛貓有時玩瘋了，撞到那只破甕，我便提醒牠，那是媽媽的寶貝，你小心啊。

記憶深刻，小時候曾蹲在一旁看祖母把水泥粉和上水之後，攪拌均勻，在裂縫處小心翼翼糊上，最後再以鐵絲箍來箍去，像圈圍籬般以補強。我搬破甕回家時，問了母親，母親說那甕以前是用來醃冬瓜的。

在各種醃製品中，我特愛祖母和母親的醃冬瓜，她們醃過的冬瓜鹹鹹軟軟，切丁後蒸絞肉、蒸魚、煮魚湯都好吃，蒸絞肉尤其下飯，那也是家人的最愛。簡簡單單的醃冬瓜蒸絞肉，總讓我胃口大開，一不小心就會多吃了半碗飯，而咀嚼過程中，總有一股幸福滿足感緩緩生出。

一個星期日到羅東運動公園散步，北成圳旁的土地公廟儼然成了小市集，一個賣米苔目的歐巴桑，攤子上擺著醃冬瓜罐，我見了驚喜，吃過米苔目後，買了一罐，隨口問起，醃製冬瓜一次要幾條？母親笑了，歐巴桑也笑了，她說，一條就很多了，一整年也吃不完，你要醃幾條？

醃冬瓜的季節，曾經見過母親在廚房輕輕從醬料裡拎起一塊冬瓜，側著頭欣賞讚嘆它美麗的色澤，然後放在砧板上切丁。那時，傍晚的陽光斜進廚房，是啊，白玉經過時間的淘洗，蛻變成琥珀色的瑪瑙，真美呀。我知道這類讚美過度浪漫，不適合母親，對她而言，那只不過是一種簡單的日常喜悅罷了。

也曾想要為家人醃製他們愛吃的冬瓜，然腳步急促，生活忙亂，如何得閒醃出從容的美味？有個朋友開車途中，偶遇人家曬冬瓜，忍不住倒車按下快門，將照片放在部落格和大家分享。我想，必有一種母親的味道，一種猶有溫度的過往情事，讓他在記憶裡倒車。

西滷肉

冬天，先生種的大白菜，彷彿飽吸霜露地氣，顆顆爽脆甜潤，於是，家裡餐桌上連著幾次出現熱騰騰的西滷肉。前幾天，母親也燴了，但比往常多了薑味，而湯汁的香和鮮甜層次也不同於過去，一問，原來多了屏東萬巒豬腳墊底。我讚母親太有創意了，也納悶何以加了薑片，她說，大白菜「冷」，連著幾天吃，對身體不好，薑片「熱」，加了就不「冷」。我懂「冷」，乃「性寒」之意，卻也故意開母親玩笑：都煮得滾熱燙舌，怎會「冷」？母親笑著解釋，這個冷，不是那個冷……

西滷肉，我從小吃到大的一道菜，記憶中，早年這道菜以肉絲為主，再加入許多食材後勾芡；現在，大白菜幾乎晉升主角，至於配角，蛋、香菇、金針菇、肉絲、木耳、紅蘿蔔等等，冰箱搜尋，二三樣可，四五六樣更好，冷清或熱鬧，簡淡或豐美，總能登場。若想要多些海味，跑趟市場，魚皮、扁魚、蝦仁、干貝皆宜。

早年家裡生活貧困，母親少燴西滷肉，如果燴，簡約到只佐以豬油炸剩的油粕仔、紅蘿蔔，根本沒肉，有時蛋也省了，簡直是淨煮。由是，逢親戚家大拜拜大請客，參加宴客後帶回家的西滷肉「菜尾仔」可說是一道幸福的大餐，幸運的話，有時還可以撈到海參、鯊魚皮等等。若湯裡菜量太少，母親便加入大白菜、紅蘿蔔等重新煨煮，襯出新味，並且愈熬愈好吃。這道地的宜蘭菜，有如大海容納百川，而吃剩的西滷肉拿來當湯底下麵也對味，可吃上好幾碗。

正月十三，輪到我們村子大拜拜大請客，大姑姑都會過來幫忙，那一大燉盅豐盛的西滷肉是桌上最經典的菜餚，母親和大姑姑準備的佐料絕不輸人，這天，鄰居一位阿嬸最喜歡偷閒到我家廚房數算佐料有幾樣。

為了給西滷肉提味，母親還特地把碗櫥上塵封一年的大漏勺搬出來做炸蛋酥。當母親手執蛋，一顆顆往碗公緣敲，大姑姑便喊：蛋要礤簽了，誰沒看過蛋礤簽，快來看喔！我和妹妹像是趕著欣賞一場表演似的擠到瓦斯爐前。約莫五六顆蛋滑進碗公後，母親手中的筷子開始喀喀喀快速翻打，才一會兒功夫，蛋就打勻起泡。然後，母親開瓦斯熱油，她一手執漏勺，一手將碗公抬高，再慢慢地把蛋汁倒入漏勺，漏勺的圓孔緩緩流出一條條蛋簽，蛋簽流入熱油鍋中，鍋中立刻浮起一朵朵金黃的蛋酥，母親又將蛋酥翻面炸透，此時，香味早已溢滿廚房，我和妹妹一旁引頸盼望，等著母親夾一些給我們乾吃。

蛋酥撈起後，母親將蔥段、蒜末、香菇、蝦仁、紅蘿蔔等等入油爆香，再加入大骨湯，砧板上像座小山的大白菜下鍋墊底，一字排開的大碗、小碗裡的肉絲、魚皮、金針菇、干貝絲等等，熱熱鬧鬧地一一躍入大鍋燴煮。一會兒，蒸氣震得鍋蓋嗤嗤響，薄薄的白色煙霧緩緩漫起，母親將瓦斯轉小火繼續熬燜。沒有抽油煙機的年代，飯菜香味氤氳四起，一股幸福溫暖的味道時時瀰漫著。

西滷肉起鍋前，母親再加些太白粉水勾芡，最後撒滿蛋酥、芫荽收尾，增香提味，即可上桌。母親做這道菜除了鹽巴，未再添加任何調味料，對味精嚴重敏感的我，完全不必顧慮貪嘴後頭暈口乾的後遺症，得以大碗大碗代替白飯，暢快享受軟嫩的大白菜，及湯頭的自然鮮甜，和蛋酥香濃的口感。

多年前去台南參加一個親戚的婚宴，席間盛饌一道道輪番上場，然而不見西滷肉，問鄰座，不懂，經解釋，又說就是雜菜、白菜滷，對方才弄清楚。西滷肉，家鄉在地美食，台南人顯然陌生。

我燴的西滷肉來自童年大拜拜的廚房記憶，不過，炸蛋酥時，油放得少，為省事，蛋汁不礤簽，直接入鍋，以筷子拌攪，三兩下就攪出一撮撮小蛋團。如此炸法，蛋酥的香氣、口感自然略略減損，不過，菜餚依然提味，也飽涵了各種食材的營養。

並且，少油不必顧慮吃多肥胖；還有，可少洗一支勺子。

芋之食

兒時常跟著大人去參加婚宴或大拜拜，對熱熱鬧鬧的喜愛，其實大過於吃吃喝喝。然而，當芋泥、芋球登場時，總讓我眼睛為之一亮，大吃特吃。

初嫁入夫家那幾年，每年三月初三大拜拜請客時，餐桌上豐盛的菜餚中，都會有一道「八寶芋泥甜湯」，軟爛Q實，濃甜不膩，乃婆婆的拿手好菜之一，也是最受大人小孩歡迎的壓軸甜食。

為了做這道甜食，婆婆一早就將芋頭削皮切塊放進電鍋蒸熟，未待全涼，又以空米酒瓶將芋頭碾成泥糊狀，然後加上豬油、生鴨蛋、糖、芝麻等等，拌勻後放進大碗公重新蒸熟，再倒蓋在盤子上，然後撒些蓮子、鳳梨、葡萄乾、白木耳、堅果類等等，最後淋上桂圓紅棗熬過的勾芡糖水，上桌前，再加撒花生粉、香菜，亮白的燈光下，水漾豐美，真教人垂涎。
我愛吃芋製食物，比如芋頭糕、芋頭米粉、芋圓等等，芋泥尤其喜愛，然舌頭眷戀美味，理智卻顧慮身材走樣，於是一小半碗舀，再一小半碗舀，半是安慰半是騙。婆婆和我一樣，也愛芋泥，雖滿口假牙，吃起芋泥，真是暢快。如果參加婚宴回來，手裡多拎了一包「菜尾仔」，多半是芋泥甜湯，如此幾年，直到醫生告知血糖過高，飲食要嚴格控制，她才忌口幾分。
婆婆生病之前，廚房裡揮鏟弄鍋，三兩下就變出一道菜。「閃邊去，別在那礙手礙腳。」是她常掛嘴邊的話，也是疼愛我的一種方式，由此，我通常是一旁洗菜切菜，東擦西抹廝混。而每逢要削煮芋頭，我手裡才握住，瞬間，婆婆的大手就來搶，我不給，她總說：囡仔肉不要摸芋仔，閃邊去。我說沒關係，她便說我囉嗦，隨即，肥墩墩的腰身一推，我已被撞遠。
那時，我三十幾歲了，在婆婆眼中還是囡仔人。
芋頭中的草酸鈣會使皮膚過敏，每次削芋頭，不等削完，雙手便布滿血紅色抓痕。
我曾問婆婆削芋頭，手不癢嗎？她說，老皮了，癢什麼？芋頭煮熟，手就不癢了。

「芋頭煮熟，手就不癢了。」但是等到菜都上桌了，廚房也收拾乾淨了，我的雙手依然癢似千百隻螞蟻啃咬，忍不住抓了又抓，最後得用鹽巴搓揉緩解症狀。而婆婆削芋頭就如削地瓜蘿蔔那般自在輕鬆，我觀察過，婆婆削過芋頭，真的未曾皺眉抓搔一下下。是婆婆年輕時從事水泥工，那雙手繭厚如皮革，教草酸鈣也只能「閃邊去」？

婆婆生病後，我削芋頭只好戴起及肘的長手套，真是「礙手礙腳」。芋頭混著莖梗，加些豆醬煮食，頗提味，是婆婆喜歡的一道家常菜。但我愛芋頭，卻不愛那顏色老醜，吃來無味的莖梗，不過，菜市場看到帶梗的芋頭，仍是買了，然後依循婆婆過去的習慣料理，只是她已沒有能力咀嚼吞嚥。

我的芋製菜餚大概僅此，至多是夏天冰涼的芋頭白木耳甜湯。而婆婆那道「八寶芋泥甜湯」，製作過程實在繁複，光是想著，都覺費神費時，即使材料有人備妥又一天有四十八小時可用，我亦不願嘗試。婆婆過世後，曾經訂購年菜，加訂八寶芋泥，但，芋頭品質差，調理草率甜膩，那個除夕夜的餐桌上，我突然懷念起那種外觀粗拙的大盤子裡，倒蓋著一碗公的水亮亮八寶芋泥。

大拜拜

正月十三，是我的出生地群英村關聖帝君的生日，也是「吃大拜拜」的日子。

每當農曆新年，母親逢人拜年就會順便提醒，正月十三這一天記得全家來「吃大拜拜」，直到日子接近了，還得仔細想想哪家親友被遺漏了，要爸爸親自上門邀請，才不失禮。

母親表面熱情邀請，內心對大請客卻非常焦慮，她總嫌自己廚藝不精，做事憨慢，無法應付大拜拜日當天潮湧般的客人。所幸，大姑媽每年都來幫母親掌廚撐持，她幾乎是助手，有時也在一旁當「水腳」，做些剁蒜或洗洗切切的小事。

大拜拜當日，廟前有熱鬧的祭典和野台戲；神明遶境時，家家戶戶會在門前擺設水果餅乾糖果等供品，並持香祈福。未及中午，從各方湧進一波又一波的客人，二三乞丐肩背「加薦仔」，穿梭在流動的人潮中，一家徘徊過一家。祖母或母親給乞丐的食物都是溫熱新鮮的，並且大瓢大碗倒，有時也多塞給幾枚錢幣。有一年正月十三的下午，中午的客人全都離席，桌上有剩菜，祖母乾脆讓乞丐進屋吃飽再走。

傍晚後，稻埕上的家家戶戶盡是喝酒划拳聲。幾杯黃湯下肚後，那一桌平時風度翩翩的阿叔，唱起歌，跳起舞；這一桌阿伯又無端哽咽說起個人奮鬥滄桑史；也有莫名其妙就吵嘴摔瓶打起架的；路上則往往出現一、兩個腳步踉蹌，腳踏車歪歪斜斜，全身酒臭味者。

一年一度的大拜拜，大伯公、四嬸婆、三舅公、二姑婆、五姨婆，爸爸兩個冥婚妻子的娘家祖父、祖母、舅舅們、舅媽們、姨丈們、阿姨們等等，還有爸爸工廠的同事，平日的酒友賭友，三個叔叔的同事和朋友，另有數不清也搞不懂輩分的遠房親朋……全家大小扶老攜幼都在這天一起出現。

我家屋小，客廳尚可斜對角勉強擺兩張方桌，廚房再擺一桌，若座位還不夠，大人就穿過稻埕，跨條圳溝，到羅東向人借幾條長板凳，然後，房間棉被收好疊高，再應急開一桌。

大姑媽曾開過小吃店，廚藝絕佳，料理起各種手續繁複的大菜時，動作俐落純熟，出菜快速，不慌不亂。米粉事先炒好，放進棉被裡保溫，冷盤、蔥油燒雞、西滷肉、芋泥等等，湯菜、乾菜、大碗公、大盤子加總，一桌至少二十幾道，我嘴饞，覬覦平常難得的佳餚，跑來跑去，東抓一塊，西吃一口，活像廚房裡的一隻小老鼠，而大人從不趕小老鼠的。

那年代吃大拜拜的人很多，小孩另坐矮凳，邊吃邊玩，而大人則不時轉身，把菜夾到他們碗裡。也曾屋子擠不下人，坐著的人覺得肚子撐得差不多了，就站起來請後來的人坐下接著吃，一切都顯得那麼自然，沒有太多的客氣，像自家人一般。

為人婦後，夫家羅東三月初三的請客陣仗和娘家不相上下，我在一旁當婆婆的「水腳」，揀菜洗菜洗碗洗鍋，剁蒜切蔥，和母親當年的角色相仿。羅東大拜拜這天，學校提早放學，家家戶戶辦流水席，小鎮像個不夜城，盛況比我娘家的正月十三有過之而無不及。後來，政府倡導節約儉樸，縣內各鄉鎮的大拜拜宴客便逐漸式微、乃致偏廢。這可就樂了我，要不，婆婆日漸顯老，我將和母親一樣，表面熱情邀請，內心大大焦慮。

將近二十年了，羅東鎮公所於農曆三月初三帝爺公誕辰這一天，照例推出「三月三迎鬧熱」系列活動，有神將遶境、踩街，民俗藝陣，藝人演出等等，最特別的是結合鎮內餐廳的美食料理、夜市小吃，舉行辦桌大拜拜活動。三、四年前吧，羅東一位好朋友聽到消息，趕緊預約，怎料到兩百五十桌早已額滿，沒想到今年竟席開七百三十桌，也許大家都想找尋吃大拜拜的溫馨記憶吧。

那些豬油事

我上小學前，家裡養豬，豬隻長大賣錢，還可以拿回豬血和油脂。母親將油脂切塊，煸豬油，一部分放在碗公，其他的盛裝在一個如籃球大的陶罐。冷卻後，祖母就拿麻繩穿過罐口外的四個耳，再蓋上罐蓋，吊在梁下保存。

由於祖父常把賣豬的錢拿去賭博，然後又借錢買豬來養，賒欠與還債不斷循環，母親認為養豬是做白工，婉勸祖母放棄，此後家裡不再養豬。油脂雖便宜，但母親有時窘迫到向豬肉攤賒欠，或向鄰居借幾勺來用。我在那年歲還不認識生活，看母親把豬油脂切成一小塊一小塊，丟進鍋子裡煸時，早已盛好熱飯等在一旁。

她持鏟在大鐵鍋裡輕輕翻攪，廚房香氣四溢。白色油脂慢慢捲曲變形，漸呈棕色的同時，鍋裡已浮起清澈的油，然後，冒出大大小小的透明泡泡。

母親拿火鉗抽出灶裡的柴薪，又拿濾網撈油粕，滴淨殘留的油，再倒在盤子裡。我忍不住抓起一個，太燙了，迅即丟進另一手，兩隻手傳來傳去後，不那麼燙了，沾點醬油，香滋滋的，微酥，一個又一個往嘴裡放，好奢侈的零嘴啊。

母親把豬油倒進一寬口小陶罐，也在我的白飯淋了些，再撒些豬油粕。平常母親炒菜，拿湯匙挖出豬油，只用鍋鏟刮掉一些些來用，菜寒薄，油水又少，白飯一吃兩三碗，很快就又餓了。然而，此刻母親澆在我飯上的油卻很大方。我拿根湯匙，自己拌醬油，飯粒晶瑩透亮，香噴噴，又拿一鐵湯匙，斜插進碗裡就往稻埕去玩。手捧一碗飯，適合玩搓橡皮筋，彈龍眼核，跳房子也可以。我準備兩根湯匙，就是預防跳落一根時，還有一根可用。邊吃邊玩，一碗飯很快就吃完，又進屋裡添一碗，一頓飽足快樂的晚餐。

不煸豬油的日子，我去碗櫥挖一勺加醬油拌熱飯吃，母親也從未嚇阻。倒是常溫下挖豬油要留意。某天，我的好朋友放學回家肚子餓，眼睛花了，把豬油當麻糬挖來吃。我未曾糊塗，卻好奇煤油可點火，豬油也是油，能否？終於禁不住好奇，偷挖豬油放進一只小杯子，再塞進布條試，心中的疑惑解了，剩下的豬油又倒回陶罐。

而那盤豬油粕，母親通常會加上幾顆蒜頭蒸蔭豉。上桌時，碗公裡浮著一圈圈的油水，蔭豉香中混著蒜頭香，油粕軟爛微鹹，有時還帶點瘦肉，一起澆在冒著熱氣的白飯上，像是滷肉飯。正月十三大拜拜請客時，母親就把豬油粕剁碎，代替肉絲炒米粉。

後來，電視上出現沙拉油廣告，主訴「清清如水」，再加上飲食漸漸西化，雜誌、新聞報導，都說動物油對心血管不好，會造成心臟病。自此，很多家庭主婦的用油習慣慢慢改變，母親也揣測祖父的高血壓，可能跟家裡長期使用豬油，又愛吃肥肉有關，於是，沙拉油取代了豬油。

我為人妻後，較常買「三層肉」，較肥的部分切下來煸油，和油粕一起炒青菜，對豬油則是敬而遠之。不過，一段時間後，母親說，還是豬油烹調的料理較香，並且，炒菜的鍋蓋、流理台或抽油煙機，也容易清洗擦拭。而沙拉油烹飪就不一樣了，油煙所及，很容易結一層淺黃色油垢，很黏，熱水不易融化，難清洗，得靠強力清潔劑才有效。母親質疑起「清清如水」的植物油，卻又擔心豬油吃多了不利於健康。於是，間隔一兩個月會煸一次豬油，直到幾年前發生食用油風波，她才又大量使用起豬油。

母親煸豬油時，順便分我一些。她將豬油裝在大鋼杯裡，凝固後送我，有時還吩咐：烹煮時間長的料理，比如煎魚，最好用豬油。有時，母親煸豬油時，順便將紅蔥頭剁細，入鍋做油蔥，再分裝進玻璃瓶送我。燙青菜灑點鹽巴拌油蔥吃，比炒的夠味。魚丸湯、餛飩湯上桌前加油蔥甚是提味。拿來拌麵，淋醋淋醬油，滋味絕佳，稍不注意就吃上飯量的兩倍多。

至於那些豬油粕，母親有時抓些入菜料理，但剩下的，她喃喃自語：以前搶著吃，現在東西太多了，沒人要吃，倒掉實在可惜……。

橘子的季節

小時候想吃橘子，得等秋冬盛產季，並且是大年節拜拜時。

我愛吃橘子，年柑、椪柑、海梨，甜的好滋味，酸的滋味好。總是吃完自己的，看弟弟妹妹或鄰居小孩還沒吃，或正在吃，就好心好意說，我來幫你做一朵橘子花。我剝下一瓣橘子，咬開瓢瓣時，趁機吸吮汁液，然後翻開兩旁薄膜，這時，汁囊像要噴爆了，機會又來了，順理成章再吸它幾口。這樣，一朵花，大小肥瘦恰好。如果失敗了，再做一朵就好。

我把那朵花遞過去，他們很開心，慢慢舔，再把整朵花吃了。漂亮嗎，再幫你做一朵。好好好……

其實，要做一朵花很簡單，只是年紀小的孩子咬嚙拿捏不準，做出來的花，不是歪歪斜斜像蔫了，就是像狗啃，花相不好，而橘瓣變成一朵漂亮的花時，彷彿也變得比較好吃了。

橘子吃完了，橘子皮還能用。

拿原子筆筆管戳橘子皮，一個洞一個洞，像張網。筆管裡塞了很多橘皮變成一支槍，槍口對準敵人，筷子用力一捅，子彈就射出去了。阿嬤則收集橘皮，放在竹籃風乾後存放，在蚊子多的夜晚，就抓一些放進鋁盆裡，劃根火柴，乾枯的橘皮外緣鑲了金光般，然後，慢慢捲起來，飄出淡淡的清香。有時母親洗完頭，擦乾頭髮後，把橘皮當髮油擠壓搓揉，好讓頭髮柔順服貼。

「橘子性寒」，感冒咳嗽時，就不能吃橘子了。但是，如果煨過，就可以止咳祛痰。我們咳嗽時，母親就煨橘子給我們吃。我以為放在水裡煮熱也一樣，但母親說，兩種熱不同，煨的才有效。她先把蒂頭挖開一個小洞，再倒些鹽粒，拿筷子往中心橘瓣塞。通常煮飯時，放進灶坑裡煨，有時冬日衣物不乾，炭盆上的雞籠子披晾著一件件衣物烘烤時，就順勢把橘子丟進炭盆裡。橘子約莫十分鐘就熱了。母親趁熱幫我剝橘皮，叮嚀小心燙，慢慢吃。那味道鹹鹹的，暖呼呼的，雖有點走味，卻也很滿足。有幾次真的就慢慢止咳了。

國中時，讀朱自清的〈背影〉，我腦海裡卻浮起母親拿火鉗往坑口裡撥，然後夾出幾顆微焦的橘子的身影。

如今，老家沒有大灶了，火爐也早已丟棄，我若感冒久咳，回家時，母親就用烤箱烤橘子給我吃。這幾年，每逢橘子盛產季，她會大量收集橘子皮，再買酒精和發泡劑，依比例做洗碗精送我們。

又逢橘子盛產的季節，有一天，正學步的小孫女看著我，手指著橘子啊啊叫，示意我剝給她吃。我剝皮，仔仔細細挑出籽，一小段一小段放進她嘴裡。汁液四溢，突然想做一朵橘子花餵她，但怕口水有細菌，只好作罷。

想起絲瓜

清明剛過，逛菜市場見絲瓜上架，滿心歡喜，忍不住撫摸瓜身，重溫久別的粗陶般的質地。但，不到節令，還不是吃瓜的時候，抓起一條掂掂重，感覺不夠沉實，還是耐心等候自家種植採收吧。

這才想起過年後栽種山下菜園的瓜苗。許久不爬山了，問先生何時有瓜可吃。瓜藤已爬得比人高，不到一個月可結果。A菜、紅鳳菜、韭菜近日頻頻上桌，上星期喜孜孜啃了今年第一根小黃瓜，此刻期待絲瓜肥熟，刨掉粗皮，保留玉綠，對剖，切切切。

小時候一個胖胖的外省老兵，常踩著三輪菜車來稻埕叫賣，他的菜價便宜，隨便喊隨便賣，稻埕裡的阿婆阿姆阿嬸都是他的主顧客。夏天時，祖母常買絲瓜，或清炒，或煮麵線吃。她常說，絲瓜好，吃絲瓜皮膚白嫩嫩，降火解毒。我半懂半不懂什麼是火，什麼是毒，好吃才重要。有一次，我吃完飯，又舀上半碗絲瓜，把剩半包的奶油椰子口味「乖乖」捏碎拌瓜吃，以為超級美味，豈知味道完全不投契，入口，起疑，猶豫，生嗯。平常，飯粒掉在地上，得小心誤踩，速速撿起給雞吃，此刻碗裡的食物雞恐不領情，倒掉又怕引來雷公追打，還是一口一口吞下，勉勉強強吃完。此後，有段時間視絲瓜如畏途，直到翌年初夏，絲瓜重出江湖才釋懷。

再次對絲瓜不懷好感是高職畢業，北上電子工廠工作時。夏天，常見絲瓜清炒登場，不知是品種關係，或幾百人的大鍋菜翻炒，一大桶青灰灰爛如泥的食物，看起來索然無趣，吃起來邋遢味淡，每回失望，一勺便罷。

我婚嫁值盛暑，三日入廚下，沿襲母親做菜習性，絲瓜切段加水煮，幾次之後，大嫂說，絲瓜含水，切薄薄，滴水不加，小火燜煮自會釋出甜甜的水分。我試著新的煮法，待鍋蓋掀開，絲瓜果真水盈盈的，甘甜味美。

幾十年來，煮絲瓜已習於切薄片，清炒、煮蛋、入蛤蜊、加鮮菇，起鍋前撒些嫩薑絲，少許鹽入味，怎麼煮都甘美好吃。一個人在家用餐時，煮一條絲瓜配飯吃，逍遙自在，輕簡飽食。去年，媳婦進門，有一天她下廚，上桌的絲瓜切粗段加水煮，說這樣可以吃到整塊瓜的甜味，她媽媽都是這麼煮。我夾起一塊，口感大異其趣，力讚好吃，如何好吃呢，唯豪邁大器足以形容。

絲瓜的性情兼容並蓄，婆媳各自揮灑，只要當季，怎麼煮怎麼好吃。

墨魚麵

服務生送來濃湯、油醋沙拉、烤餅等前菜。然後，陸續送來正餐。素白的深盤上躺了一團黑嚕嚕的麵。這是……？墨魚麵啊。鄭以叉子捲起麵往嘴裡送，邊吃邊讚好吃。我看著她一口一口享受美好的滋味，渾身不自覺漫過陣陣壓迫感。遲疑了一會兒也吃了一口，大力推荐這道麵食的小陳問，好吃嗎？確實好吃。但我點頭的同時，想像與回憶在眼前交相馳奔，嘴裡的麵條彷彿要蠕動起來似的。

彼時，還沒上小學，某日午後，瞧見神明桌下多了一罐奶粉，罐身幾塊鏽斑，雙手捧起來稍重，會是糕餅糖果嗎？撬開蓋子，竟是攢簇蠕動的蚯蚓，我猛地拍上蓋子，請祖母把罐子丟了。

幾天後，屘叔和鄰居幾個大男生去圳溝釣魚，我跟去了。突然發現阿隆身旁那奶粉罐好眼熟，惶恐，正想離開，這時阿隆從中抓出一條蚯蚓，我倒退幾步，他發現了什麼似的奸邪一笑，突然，抓起一把蚯蚓往我身上丟擲……

阿隆這一丟，徹徹底底把我丟進恐懼的深淵，許多年了，我找不到一塊岩壁可攀爬。搬動盆栽時，戒慎恐懼盆底久不見天日的一方土壤；清洗自家種的菜蔬，深怕蚯蚓黏附根莖間；即便是雨後泥路上的蚯蚓屍體，依然教人反胃生噁。萬一，白天與牠們相遇，驚嚇過後，我就擔心那東西夜晚是否會爬進睡夢中。我小心翼翼躲著，神經質的連圖片都避開，然而初任教時，卻要面對小三自然課的「蚯蚓」單元教學。

我在課前一天要求孩子帶蚯蚓來學校觀察，並且不斷告訴自己，蚯蚓又不是蛇，牠沒有牙齒，不會咬人，有什麼好怕？不意當天早晨才進教室，一抬眼，發現孩子們把蚯蚓當作業交到我桌上，我幾乎要跌出心臟，迅即逃出門外。忍住驚嚇和怒氣站在窗邊訓話：怎麼把蚯蚓放老師桌上！很髒，全抓去裝進袋子裡，一隻也不能遺漏。快。馬上。但是，全抓走了嗎？有沒有掉在地上？一問，有人帶三隻，有人帶五隻，有人放進鉛筆盒，有人放口袋。平常，作業文具忘了帶，偏偏蚯蚓都帶來了。這教室太恐怖了。幾經思慮，終究鼓起勇氣，走進教室向孩子坦承害怕蚯蚓，並請諒解老師上課無法親臨指導。

我要學生聽我說明，自己對照課本圖示觀察，但有些孩子不知是否故意嚇我，還是忘記老師的輸誠，來到面前，突地就打開手心，問哪邊是蚯蚓的頭，哪邊是尾？我幾乎是歇斯底里喊叫：回去。誰都不准離開座位。

也曾試著面對恐懼來消弭恐懼，然而，僅是眼尾餘光一瞅，隨即全身犯麻，不得不把臉撇開。誰說蚯蚓沒有牙齒，不會咬人，不用害怕？蚯蚓猥瑣陰森扭動的模樣比鱷魚還可怕。

阿隆三年前癌症去世，我也退休四年了，超過半個世紀的悠長歲月，那團往我身上丟擲的蚯蚓，還活在我的杏仁核裡，牠們有時沉睡，有時蠕蠕蛇行，如今竟爬進雪白的盤子裡。

我把盤子推遠，一邊剝著烤餅沾油吃，一邊自言自語，黑嚕嚕的麵實在吃不慣啊，然後，轉頭問櫃台服務生：你們有白色的墨魚麵嗎？

滷蒜仔

夫家堂兄在蘭陽溪畔種了幾壟蒜，入冬盛產，每年除夕前都會送來一大把。婆婆說，蒜白肥長，正「著時」，拿來滷最好吃。

我洗淨一些後，切下蒜白，一碗公滿滿的留給婆婆滷肉，蒜青則留一些炒肉絲或煮湯。婆婆喜歡三層肉，一買至少三四斤，大塊大塊的切法，實在豪邁大器，要是我，恐是一分為二，設法把分量變多。

婆婆把肉與蔥薑在炒菜鍋翻炒過後放入大滷鍋，然後，舀一小匙冰糖，加醬油加酒加水。我曾問她幾杯幾勺，她說，量其約啊，要不，舔舔看就知。接著，一大碗公蒜白毫不斟酌就倒進鍋裡，直到要滿出鍋外，她才拿湯匙輕壓，待湯汁滾了，蒜仔吸飽水分，沉浸湯底，再把剩下的全倒進鍋裡。我初為人媳那年，納悶肉蒜主賓不分，是在滷豬肉還是滷蒜仔，問起蒜白會不會太多？婆婆邊用筷子攪動蒜仔，邊回：太多？不會啦，這些還不夠我一人吃。

食譜裡教的那些提味的配料，蔥、蒜、薑、辣椒等等，最後不是要撈掉，免得湯汁混濁嗎？如今，肉才滷五分爛，蒜仔早已爛不成形，一鍋肉像是煮了又煮的菜尾仔，但婆婆只管東西好不好吃，是否讓人吃飽，菜相似乎不那麼重要。

關掉瓦斯後，婆婆隨即夾起稀巴爛的蒜仔，嘴巴嘟得圓圓的吹氣，明明不燙了，還拚命吹，下巴中間那顆小黑痣的細毛跟著她的唇顫來顫去。等蒜仔涼了，吃進嘴裡，邊吃邊說，呵，勁香，蒜仔就是要滷得爛爛的才好吃，來，吃吃看。

我對蒜仔興趣不高，每次看婆婆吃成那樣子，總忍不住嘴饞跟著吃。蒜白的辛香融入整鍋肉，剩下的只是軟爛微鹹，滋味的確不差，但還是夾塊肉吃較過癮。

滷肉上桌，「量其約」滷出來的肉和蒜仔，家人都愛吃，湯汁澆飯，飯量都加倍了。婆婆飯量大，她把飯添滿，飯勺壓一下，再添，添得尖尖的，蒜仔一口又一口，肉大塊大塊吃，蒜仔很快就被她吃光了。

滷肉再加熱時，又是一碗公新蒜鋪滿鍋。

家裡滷蒜仔也意味著過年就要到了，但我一直不明白，蒜季長達三個月，為何婆婆只在過年前後滷蒜仔。是否過去貧窮，婆婆刻苦儉省，只在過年期間才有機會大啖一番，待經濟寬裕後，卻成了一種儀式般。

後來婆婆中風了，每到除夕夜前，我仍依循她的方式，滷一大鍋蒜白三層肉，蒜白照樣鋪滿鍋，照樣滷得稀巴爛，只是，我習於依一定比例調味，學不來她的「量其約」，切豬肉也大器不來。

我在廚房常想起高壯肥胖的婆婆粗手大腳揮鍋弄鏟的姿態，有時我在一旁當「水腳」，她嘴巴嫌我礙手礙腳，叫我「閃邊去」，眉目卻是慈然，再不閃，一聲「囉嗦」，那肥墩墩的屁股已把我推遠。滷蒜仔時，才切切洗洗，便想起婆婆吃蒜仔的模樣。有一年，小姑來我家，進廚房，看到婆婆吃蒜仔，乜斜，嗯一聲就笑了：咱阿母一身那麼大欉，卻怕燒，吃蒜仔吃成那型。說完拿起筷子夾蒜仔，學她怕燙猛吹的表情，然後誇張地「嘶嘶」幾聲，也吃起蒜仔。

我忍不住也夾起蒜仔吹涼吃，這才覺得，鹹香柔軟，真的很好吃。但，我撈起蒜仔吹涼餵婆婆時，她常常靜靜地看著我，我說，這是你最愛吃的蒜仔，她點頭，卻吃得沒滋沒味的。咀嚼時，下巴鬆垂得像火雞脖子，那顆痣，痣上的細毛沉睡似的沒有一點活力，是我滷不出她的味道，抑或那熟悉的味道早已從她記憶中遠去？

輯二——狗一樣亂叫

我喜歡榕樹

二十幾年前，分發到三星大隱國小代課。報到日，暑氣蒸騰。操場外圍兩排老榕，比橫排教室還長，我沿著樹蔭前行，涼風習習，鳥鳴啾啾，就因為這兩排大樹，我立即愛上這學校。

榕樹枝葉茂密，下課時，孩童衝到樹下玩耍，抓獨角仙、金龜子，玩花園裡抓來的雞母蟲。放學後，你彷彿還可以在長長的樹影裡聽到孩子的嬉笑聲。

除了榕樹，教室後方都有果樹，甜柿、楊桃、芒果、龍眼，經常果實累累，也經常被鳥兒啄食得坑坑洞洞。但鳥兒不因吃食方便而在果樹上築巢，卻選擇在榕樹上落戶，許是隱密性更高吧。

有一回，班上兩個孩子捧來一窩雛鳥，瘦稜稜的身體像一丸丸肉瘤，發顫挨擠成一團。胎毛還濕潤著，全未「開目」，看來是麻雀，脖子伸得長長的，六張黃嘴不斷張著。這麼小的傢伙讓我有點兒驚慌，一時不知如何是好。把牠們放回樹上吧，可那碗型巢已毀損，樹冠也太高。同事勸說，鳥巢移動過再放回，母鳥認不出是牠的家，也不給孩子餵哺。我只好帶回家養。

然而，保母每天帶著鳥兒上下班，細心照顧，按時餵食，並補充維他命滴液，依然無法替代親娘的哺育，六隻鳥都來不及振翅就陸陸續續死了。每一次面對小生命的離去，除了傷心，總還有著深深的失落感。

班上的孩子也撿過死鳥，我說埋了吧。他們在樹下挖坑，找石頭立碑，碑上寫著「小鳥之墓」，然後，折樹枝代香祭拜。

大隱的老榕給鳥兒築巢，也慷慨給孩子遮蔭，運動會時，更是全校師生與家長的最佳遮陽棚。不過，最慷慨的一棵樹，在蘇澳一所迷你小學，那是我最後一年代課任教的學校。

學校依山，全校學生不到四十人，校門口一棵大榕樹，枝葉茂盛開闊，樹幹粗壯，四五人合抱才攏得住。夏天朝會時間，太陽早已發威，我們站在大樹下，隔著熱氣蒸騰的操場，看國旗冉冉上升；體育課時，驕陽似烈火，而不管火球滾到哪兒，總有一片陰涼供孩子做操、跳繩、踢毽子。

老榕溫柔地蔭護了全校師生。彼時，覺得它既慈祥又有土地公的神威。我讀小學時，國語課本和故事書上常出現這種大榕樹圖繪，樹身長了些瘤，皺皺成一張瞇眼笑臉的老公公。童年時，半是想像，半是認定樹有樹神，也曾經對一棵老樹定睛看，看久了，樹皮裡彷若真要閃出一個執拐杖的老者。

成為正式老師時，我請調鎮上一所學校，校園裡榕樹不多，最是高大粗壯者在幼稚園教室後方，高及三樓，名雀榕，但工友稱它「鳥屎榕」。

雀榕葉片比我的掌心大上許多，姿態不同於過去兩所小學的老榕那般沉穩質樸。夏、秋時節，陽光大好，雀榕卸下濃綠，妝抹得一身金燦燦，只待一陣風，片片金黃翻飛飄墜，而滿布地面的已經不是落葉了，是一種華麗與教人忍不住哇哇叫的狂傲。

當時我的教室在二樓，後陽台斜對著雀榕，每次早上打掃時間，看到負責的班級來清掃落葉，就想，真可惜啊，把一地的美麗都掃進畚箕裡。有一次我跟負責班級的老師說，滿地金黃，多漂亮，不要掃啦。那老師笑笑，說，你太浪漫了。

雀榕黃葉落盡，會再長出白白的，像含苞的玉蘭花般的新芽，然後，緩緩展瓣，先是含羞探出粉淡赭紅的身子，然後，青嫩嫩的葉子爭相綻放，大約一星期，又一身新綠，也慢慢長出果實。

雀榕滿樹綴著乳黃帶紅的果實，是很多鳥類愛吃的食物，尤其是麻雀。但牠們吃多，拉多，也是人類一大困擾。有一次帶二年級小朋友認識校園植物，我介紹雀榕時，幾個孩子蹲下來撿拾地上的果實，我問做什麼，他們說要玩。嗯，玩玩沒關係，別吃進肚子，睡個覺，醒來，肚臍或嘴巴長出一棵樹。孩子大笑。我接著說，一隻鳥兒吃飽雀榕的果實，又啣顆種子回家，飛啊飛，打個噴嚏，種子掉了，或拉個大便，大便裡藏著還沒消化的種子，不多久，那地方便長出一棵樹，可能是屋頂，可能是牆根，再貧脊乾旱的地方都能生長，那樣的生命力實在頑強，何況是你的肚子，藏了很多營養，所以，地上的果實是不可以吃的。

我討厭榕樹

十幾年前搬到鄉下，埤塘邊站了兩棵濃蔭蔽天的榕樹。清晨，幾個老人在樹下伸展四肢；夏日，釣客把車停在樹蔭下。埤塘過去，沒有其他住戶了，這對兄弟樹是誰栽植的呢，我想，也許就是鳥類排泄或風吹傳播的吧。

初始，竊喜院外多了兩棵大樹，增添不少綠意，然而，隨著時日，發現根鬚竟長成枝幹，並且偷偷竄進矮籬裡，半浮在草皮上。從此，我心存戒心，即便兩樹與屋子還有三四十公尺之距。

根鬚枝幹定期修剪，彼此相安多年，但也有怠惰健忘時。年初，無意間發現兩根約是拇指粗的氣根，像大蟒蛇，麻花般緊緊纏繞臨水閘門的一棵大葉欖仁。先生拿鋸子鋸了仍無法扳動。只好分段鋸，一段一段拆扳。費了好大的勁，事畢那一刻真像是救了一個人似的快活欣慰。

然而，見到欖仁樹幹上深深的絞痕，不捨與害怕隨即湧上。又去瞧瞧那兩棵老榕，驚呼地面何時撐出好幾根枝幹，有的粗如大腿。開始戒慎那垂掛的氣根一旦接觸土壤，慢慢變粗，長出樹皮，又會變成直挺挺的枝幹，於是到倉庫找出樹剪來剪。

去年，妹婿好意送來兩盆榕樹盆景，造型優雅，自欖仁樹被絞掐之後，我神經質地害怕，於是，每次整理盆栽，就把它枝幹修得禿矮，根鬚剪個精光，並且翻過來檢查盆底小洞，是否有漏網之鬚。

我一廂情願地認為「植物也是動物的一種」，甚至，根本就是動物，就像花兒，慢慢綻放，為著蝴蝶，為著愛花的人。花，是一隻美善馴良的動物。而榕樹，那般死纏死掐的絞繞，似思想都要箝制，又豈止是一條蟒蛇。

不免也想起郊野幾座荒屋，因榕樹枝幹伸進土壤，攀爬，撬窗，劈牆進屋，信步走壁，再攀牆破窗而出，於是，樹中有屋，屋中有樹，那種驚天動地的生長姿態，也教不少人讚嘆其雄偉，豎起大拇指，開心與之合照。然而，我深感樹群陰森，亦覺廢墟如鬼屋。

時間給予一棵樹一寸一寸侵逼的力道，也把一棵樹擴張成一片不斷擴張的疆界，想來就發顫。

是的，這類榕樹需要絕對的修剪，免得把一間房子活剝生吞。

我告訴先生，留下兩棵榕樹的主幹，拿電鋸把其他枝幹鋸掉，這樣可保留大樹，也少了日後根鬚竄爬之虞。他以為不妥，樹冠太大了，主幹支撐不住，會倒。

我仔細想想，也有道理，榕樹自有生命樣態，算了。

木芙蓉花開

去年清明前，朋友送來一株灌木，樹皮灰白，分枝多，葉片有掌心大，外緣是疏粗的鋸齒狀。我問那什麼植物，說是木芙蓉，將來會開出很漂亮的花。

木芙蓉扦插時，株高及膝，我每日晨昏按時澆水，一眠大一寸似的，齊腰，追肩，且枝葉茂密得你推我擠，喧喧嚷嚷，吵不完架似的，我數度看得煩，特別是那長相不討好的葉形，愈看愈像墳頭四周亂竄的不知名灌木，忍不住三兩次樹剪修理。

春天過了，夏天也快結束了，等不到它開花，等得我也忘了它會開花。直到初秋的某傍晚，我澆水時，突然發現枝葉尖結了十幾個綠綠的小花苞，拇指大小。但它叫什麼名字，我怎麼也想不起來。我問愛花的母親，她也不知。

沒幾天，花苞陸續生長，增大，然後，一夜之間，枝端葉腋雪白的花朵紛紛揚揚，多重瓣大如碗口，你推我擠，喧喧嚷嚷，說不完話似的熱鬧，叫人看得心喜。但它叫什麼名字，我依舊想不起來，卻突然想起不久前手機APP下載一個辨識植物的「形色軟體」。我依照提示，把鏡頭對準花朵拍攝，幾秒鐘的光景，一個美得出水的名字，「木芙蓉」從螢幕浮現。又順手輸入花名Google：木芙蓉，又名醉芙蓉，花色一日三變，清晨白色，中午為粉紅，傍晚轉深桃紅。

我打電話給母親，說院子裡那棵醜木開了五、六朵漂亮的白花，很大很大，比碗公還要大，等下去載你，來家裡吃飯，看花。

母親傳統老觀念深植，認為女兒嫁出去是別人的，老往人家家裡去吃飯，很不好意思。於是，找母親來家裡吃飯，得準備一番理由，今天「魚拿出來解凍，很大一隻，兩人吃不完，中午過來幫忙吃喔。」，明天是「湯煮一大鍋，飯也煮好了，連你的份都煮進去了，不能不來啊。」，後天是「兩個人吃飯實在沒意思，你過來一起吃較有味道。」

木芙蓉花開，也是請母親來家裡吃飯的好理由。要不，老人家有時嫌烹煮費事，隔夜飯菜囫圇吞，即便認真吃飯，桌上一雙碗筷，也是孤單寂寞。

母親電話中笑了笑，說，何必那麼麻煩，載我去吃飯，又要載我回家，改天再去看……。我不等她說完，搶話，新開的花朵喝了酒，醉了，你來，花瓣就變成粉紅色，太陽下山，就醉成桃紅色，好奇怪的花，我從沒見過……。母親半信半疑，在笑聲中答應了。

近午，我帶母親去看花。早晨皎潔的花瓣已暈妝成漸層粉紅，蜜蜂、小蟲戲弄花叢間。母親直呼漂亮，也驚奇顏色的變化。我以手機近拍花朵，也要母親記住顏色，然後說，飯後午睡，傍晚再來看花朵變臉。

那兩三個月，木芙蓉天天賞我花看，有時，母親不來吃飯，我順她意。傍晚回家探望，便剪下兩朵送給母親。花梗太短了，母親找不到合適的瓶子，只能斜放醬油碟子，我不喜碟子俗樣，幸好花朵碩大，一躺，碟子躲貓貓似的，躲緊了。

木芙蓉開得最精彩時，連前一日枯萎的紅豔豔花苞一起算，超過一百朵。你若說蔫萎的不該一起數，我說該，絕對該。它雖是典型的一日花，卻不似朱槿，滿地落紅。它，堅持枝頭抱香死，雖死，亦活。

直到秋末，我又陷入初始遇見青綠花苞般的等待，等了又等，三四十個花苞像啞了般，靜悄悄。母親說花期過了，我不信。果真，花苞、葉片逐漸乾枯，然後，一副憔悴的皮骨相。

冬日雨水多，木芙蓉更顯殘敗，和許多植物一樣，以此方式休養生息。就好好冬眠吧，等待春天新綠，等待秋天舉杯醉酒。

死去活來的落羽松

十幾年前種植落羽松，六棵都才兩三公尺，隨著時間，高度直達二樓頂，板根形成，周遭草皮也像岩漿冒泡般，啵啵啵地啵出一粒粒大小氣根，圍牆外一處地面因此龜裂隆起，我亦曾不小心腳踢了差點跌倒，由此，有些懊悔當初選植只看重外在，輕忽其脾性。

然而，隨著季節更迭，落羽松不同樣貌的美又很快得到我的喜愛。況且，它也不至於像榕樹，氣根四處分竄，遇樹，死纏緊勒，逢屋，屋也難逃其掌心。相較之下，落羽松的氣根雖不安分，卻是溫和許多。

雖然落羽松抓地力牢，但每次颱風登陸，仍是教人擔心。我總是揪緊一顆心站在窗前，目睹強風摧折蹂躪，彷彿非得把樹腰骨折斷才罷休般。不過，那彎度數次看來已然斷裂，待風勢減弱，再次昂然挺立，我總忍不住撫胸慶幸好佳哉，讚嘆它勇猛，筋骨柔軟。

但萬萬沒想到去年那個強颱，死命地凌遲大地，花樹被摧殘得只剩皮骨，其中一棵落羽松斷成兩截，斷處皮開肉綻，留土裡的樹身高約及膝，另一截像巨人般倒臥草地上。風雨過後只好忍痛鋸開，讓垃圾車載走。

另一截，高度適合坐上，當它是凳子吧。

今年夏天，我路過一處人家，瞥見一棵怪樹，樹形像支沒了柄的鷄毛撢子，停下來細看，原來是全身長滿羽葉的落羽松。我心想，雞毛撢子過去必然是一棵俊帥的大樹，料是和家裡的落羽松同樣命運，樹身遭強颱吹斷，另一截努力活下來，活出與眾不同的自己。

我又聯想及盲胞，因為視覺功能消失，觸覺和聽覺變得特別敏銳。或許雞毛撢子便是如此，為了大量行光合作用，只好從樹幹長出細芽，毛茸茸地，全身都長。

所以，院子裡那張凳子，也有機會變成一支鷄毛撢子吧。

那一天，我回家後看看早已遺忘的凳子，不意它像是聽見我心裡的聲音，變了魔術，長出幾根細枝，細枝上還綴著稀疏青嫩的羽葉。我真是粗心，凳子若死了，它身旁冒出的氣根早就像泡芙不經踩踏，怎還如此堅實，原來，那段期間它休養生息，準備以另一種樣態面世。

我興奮地告訴先生，他只說，那沒用啦，不可能再長高了。長高，非我所思。

一個初秋的下午，打盹中，屋外不斷傳來重重的敲擊聲，初不以為意，許久，開門探看。兒子兩手持斧，正往凳子猛砍。我大聲喊停，質問沒看到它長新芽了嗎？說是爸爸要他砍平，我更生氣，父子一起罵：它好不容易存活了，沒看到嗎？怎狠得下心砍它？然後哽咽，罵不下去了。

凳子底部有多處鑿得很深的斧痕，沒幾天，羽葉枯褐。我曾經好玩坐在它身上，雖然坐起來不舒服。我再度坐上它，摸摸它，就當作是一個約定：明年春天再變一次魔術，把自己變成一支雞毛撣子好嗎？

櫻花樹的姿態

颱風過境，院子裡的櫻花樹倒了，半隱半浮的樹根，雖粗如水管，照樣被強風扯斷。若是連根拔離反倒好，把樹種回去便罷，如今根脈幾乎斷了大半，地底殘存的根如何汲取養分、又如何撐住高大的樹身？

抱著幾分希望，和先生合力把樹種回，填土，最後以木棍架持樹幹。我每天觀察，葉片充滿生命意象，以翠綠蓬勃回報。可隨著時間過去，許多葉子終究逐漸乾枯，然後翻捲，碎裂變形，有些落在草地上，有些還不忍離枝。

有次，我發呆恍神，將枯葉柄錯看成新結的小芽苞，剎那生出希望，走近摸摸「小芽苞」，隨即掉入手心，輕搓，瞬間碎成粉屑。這才轉醒，料是，樹種回的那一刻，它就開始一點一滴耗去身上的元氣了。

然而，每天傍晚，我依然握著水管，先是澆灌根部，然後讓水柱沖高，好讓它枯乾的枝葉得到滋潤。同時間被颱風吹斷的落羽松，樹幹才及腰，以為死了，不又冒出新芽？所以我仍沒打算挖掉櫻花樹。

當年遷居初植時，櫻花樹約一公尺上下。不記得第一樹花是哪一年開，不記得它何時已高過屋簷，直追二樓窗戶，屈指一數，也已十年了。前年，朋友A負責全台山櫻花物候研究，請我幫忙，這棵櫻花就順理成章成了宜蘭地區的櫻花監測代表之一。

我在枝幹綁了氣象記錄器，也在幾處枝條上綁了護貝過的紙帶做為定點拍照記號。樹高，對焦不容易，於是每次拍照必須搬出圓凳，爬上後就近同一角度拍。遇雨，得找家人幫我撐傘。初始，櫻花樹還一身綠時，每星期拍照一次上傳，隨著入冬天冷，葉枯飄落，芽苞成形，花朵綻放，拍照上傳的時間一星期改成三天，再改成兩天，最後密集每天。A原本稱我是最稱職的志工，後來便打趣喊我「櫻花嬸」。

當上櫻花嬸後，除了必要的拍照記錄，我有時看看那光滑橫紋的樹皮，看看日照風吹時，葉片抖顫跳動的光芒，看看那遠不如落羽松漂亮的樹形。只是看，看著看著，無聲的語言在枝椏間流動，我聽到了，一棵樹在對我說話。

向來對待植物，只是傍晚澆水，若不幸疏忽枯死，從盆子挖出，丟進垃圾袋，心裡不免可惜一下，卻沒有一絲抱歉愧疚，直到與櫻花樹密切相處，對植物的生命，逐漸有了真切的感受。

A說過，櫻花樹需要充足的日照，樹與樹的間隔至少一公尺以上。我於是目測，櫻花樹旁有一棵大葉欖仁，樹勢高壯，但還好，兩棵樹距超過一公尺半，只是欖仁樹枝幹粗，四處伸展，葉片肥厚茂密，高處如傘，覆蓋了櫻花樹一側，低處，與櫻花樹枝條交纏夾雜。為了日照充足，我第一次拿起鋸子、樹剪，爬上梯子。

經過一段時間的拍照記錄，冷風捎來季節的訊息，櫻花樹開始少量落葉，漸漸地，全身禿盡。從書上得知，這是為了抵擋寒冷，開始進入休眠。又一段時間後，枝條已有米粒大的小芽苞，彷彿可預約可期待，然後，啵啵啵的把自己撐大，再伸個懶腰，這裡那裡相互約集醒轉，嘩地——，以煙火般的勁道紛紛炸開。植物也會動啊，慢慢長高，慢慢開花，為著自己，為著愛它的人。植物根本就是動物。

有一天，A傳來我拍的連續圖譜，似膠捲底片，很長很長。先是結芽苞，一格一格到花朵綻放，真像是從產前超音波照片到孩子出生，坐、爬、長牙、站立、邁出第一步的成長記錄。生命如此奧祕又神奇，教我看得既感動又開心。然而短短兩星期的花期，從五、六朵的初花，到八成滿開，這也意味著再繽紛燦爛的美麗，終究隨流光消逝。

有一年和朋友到京都賞櫻，我們來到哲學步道。小徑、河流鋪滿粉紅花瓣，著傳統和服拍婚紗的新郎新娘，在花絮漫天飛舞中對望，眼前如此美麗浪漫，我難以連結日本櫻花文化那種決絕悲壯的姿態，但知化作春泥更護花的哲理。

前幾天，先生的朋友送來一株朱槿，花苞有八、九個，他們合力把它種在圍牆外。那片土地該是一排矮仙丹、一排七里香，長長一排同種灌木才稱看，它該植進園內，以免人來人往看盡它的孤單，可後來，我卻笑看朱槿花開。

但是，我也很快就發現，朱槿乃典型的一日花，美麗燦爛始於日升，終於夕落。提水澆灑時，見一地蔫萎的花屍，明知將是春泥，卻猶如以水管澆灌著不再呼吸的櫻花樹，一股落寞感瞬間浮上心頭。

有時不免嘲弄自己癡傻對待一棵已然停止心跳的樹，只是，那一身枯骨，彷彿正處休眠狀態中，況且，不論晴雨，雀鳥棲息啁啾，亦見蝴蝶、蜻蜓斂翅。陽光大好，我晾曬被單時，也向枝椏借個方便搭竿子。

我突然明白，它以另一種姿態活著。

魚兒魚兒水中游

房間臨水圳，某日晨起，拉開窗簾，見水草款款漂流，但隨即察覺水色渾沌，且水深及肩，怎見得水底物。細看，原來魚兒群集。

與魚群相遇後，每日清晨，不論晴雨寒暖，惺忪睡眼中，不忘探向水面。魚群悠游時，欲前還後的靜止樣，像是集體跑在一條倒退的軸帶上，頗有趣。有一天，我看著魚兒跑軸帶，心想，圳水往東流，魚兒原地跑，推敲魚兒逆水而游。當然逆水游。鈍人啊，難道魚兒會踩剎車？

我豈止鈍，有時犯呆。讀小學時，課本裡有一篇小魚向上游的勵志故事，插圖畫的是年幼的蔣中正站在溪旁，彎腰看著魚兒向激流沖刷的石頭上游去。我沒有像蔣中正那樣，努力學習小魚不畏困難的精神，卻牢牢以為那種厲害的魚是他的故鄉，奉化縣溪口鎮特有的魚種。後來，在電視上看鮭魚要從深海洄流到內陸河流產卵，水勢湍急，三番兩次將牠們沖走，但為了繁殖後代，仍奮力往上游的畫面時，除了深受感動，淺薄的以為魚類中只有鮭魚會逆游。

我從小在鄉間長大，夏天常跳進河裡和牛一起泡澡、摸河蜆、抓小魚小蝦，清楚記得牛的睫毛長長密密的，還掛著晶亮的水珠，睫毛下的眼睛，卑微中閃著慈祥的光芒。可魚兒在河裡怎麼游，我卻習焉不察，只會說，魚兒魚兒水中游，游來游去樂悠悠；再則，兩手合掌，左右款擺前進，做游水樣。搬到鄉下十幾年了，圳水是日常風景之一，外出散步更常看著水溝裡魚兒群游。如今，才驚覺我的魚兒只游在兒歌裡，只游在池塘蓮葉東西南北間。

散步時，特地觀察圳溝裡的魚兒。觀看了幾處，逆水而游者居多，只要不驚擾牠們，排列整齊，節奏規律地游，真像慶典閱兵。順水游的魚兒較少，一兩尾或三五尾，約手指長的小魚，身體輕，承不住水的流速，驚慌跳躍，有點狼狽，但，一小段後旋即轉身，然後，原處逗留，有時，幾秒鐘的光景，輕抖一下，往前小游幾步，再抖一下，許是聽見我的腳步聲，箭射出去般，咻地，不見蹤跡。大肥魚則不然，如手臂長者，順游，緩慢悠哉，轉身不疾不徐，像一條優雅的影子。

一日中午與母親一起用餐，我問她，你認為魚在水裡是順水游，或逆水游。她伸出兩隻手，左手像水流般流向右邊，右手手掌像擺動的魚尾，游向左邊，然後說：顛倒游，要不，怎麼游？我答：是啊是啊，魚兒「顛倒游」，我以為你不知道。

原來連老母都知道，那還有誰不知道？我在Line的家人群組裡問起：「你們認為魚兒在河裡是順遊或逆游？」個個回覆認真，有風箏、飛機的比喻，有流體力學的說明，最後結論一致是「逆水而游」。

其中小弟的回答最是簡潔俐落：魚兒會隨波逐流是不得已的。

法蘭克福的裸女

星期日，法蘭克福的百貨公司、家具行、禮品店都不營業，我只能在街上閒逛，透過櫥窗觀看各類廚具、衣飾、鞋子、皮包等等。

來到一家小畫廊前，玻璃窗裡一幅裸女畫教我笑了出來。她身軀挺直對鏡，右手掛著紅袍子，左手撫著後腦杓，沒有撩人的妖嬈姿態，卻有著充滿自信的肥碩背影。可能剛出浴吧，在穿上浴袍前，順便欣賞自己的身體。

裸女的黑髮及腰，半個肥臀可以坐滿一旁的馬桶，並且溢出許多肉來；另一旁的浴缸，如果不是注了半缸水和牆上的兩個水龍頭，真像是收納盒，並且盒身像蛋殼那般脆弱。

我明白這不是寫實畫，不宜端出一把尺丈量人與物的各種比例。於是重新以另一種角度觀看裸女全身，依然感覺這裸女胖得快要填滿浴室空間似的。不過，光影把她的肥臀表現得渾圓結實，質感像是發酵的大麵團，教人生出揉揉捏捏的美好想像。而她的大腿小腿豐滿，肌膚光滑如剝開的洋蔥，足下那雙高跟鞋則穩穩撐住她全身。藝術家懂得世俗眼中美的標準，也能發現人體官能原始的美，我則更欣賞後者。凝視裸女背影許久，突然發覺鏡中的她，右半臉正與我對望，並且神情驚慌，眼睛張得大大，眼珠子都快彈出來似的。我發現她也發現我在偷窺。畫家的幽默表現得淋漓盡致，再次讓人莞爾。

視線移往另一幅靜物寫生，工筆、色彩平凡。後面一幅風景畫用色大膽，顏色繽紛燦爛，乍看，像是未清洗的調色盤，細看，熱熱鬧鬧的色塊背後高樓古堡林立，今昔虛實相互交錯。我意圖在厚厚的油彩背後看出作者想表達的概念，卻在大片建物森林裡，望見十幾年前旅行捷克時走過的查理士大橋。

彼時，橋上人來人往，擺了許多人像畫攤，其中一金髮年輕畫家正為一名肥胖的歐美中年女士作畫。女士捲短棕髮，一身細肩帶寬鬆花洋裝，優雅端坐椅子上，唇部線條自然上揚，大腿上擱著雙手和一只小皮包、一副太陽眼鏡，臉上的神情與方才畫中裸女背影一樣，對自己的身體全然自信，教人忍不住想像起她們的情感生活定是歡愉又享樂。

我在一旁觀看，雖能輕易數出她身上相互推擠溢出的肥肉有幾圈，但內心絕無嘲謔，反倒嚴肅欣賞起她因自信而全身散發的美麗光采，也思索自己何時能不介意腰粗、踝骨粗、膝蓋傷疤而大方穿上鍾愛款式的洋裝。

其實，櫥窗內那幅風景畫裡一座橋也沒有。也許，我還沒看夠裸女像，思緒挪移了；也許我還在思索美的感知層次。查理士大橋上那位棕髮女士，畫裡的出浴裸女，我很少如此欣賞著一個不為世人眼光讚賞，甚至被投以異樣眼光的身軀。然而，她們的自信叫我目光駐足，且翻濤且寧靜且愉快著。

思及此，三年前內蒙旅遊時其中一景突地閃過腦海。希拉穆仁草原上一群遊客排隊等騎馬，一名二十幾歲台灣少女，一般身高，體型肥胖過於畫中裸女，馬官扶著她的身體，指揮她把腳踩在馬肚旁的馬蹬上，最後助推她上馬，可她連馬蹬都碰不上，於是又一名馬官前來幫她把腳搆上去，只是一腳上了，身體卻早已後傾。兩名馬官合推，她的身體卻抵不過強力地引，一離開地面，隨即又被磁吸，然後又二名男遊客主動上前幫忙。

少女的媽媽和大家齊喊：「一、二、三，加油！一、二、三，加油！」但顯然四名男士力氣有限，而少女也使不出力跨上馬背，但她神態自信，馬官和幫忙的遊客熱心不減反增，其他遊客陸續騎馬奔馳在草原上，新的遊客又來。少女一試再試，最後不知是否媽媽提議，母女兩人笑開懷，攜手往回走，改坐馬車遊草原。

我佩服少女不在意旁人眼光的勇氣，設若是我，一試都不肯，況且在眾目睽睽之下，我更沒勇氣讓四名男士使力扶我。通常，我總是與身上贅肉斤斤計較，勝過金錢的收支往來。我注意到飯後會多一公斤；正常吃食，早晚體重相差一至一點五公斤；小解後少零點二公斤，出恭後則少半公斤。兩餐之間體重超過一點五公斤是我的上限，超過便問家人或朋友是否變胖了。沒有啊。怎麼可能，胖了二公斤。有嗎？看起來沒差呀。怎會沒差，二公斤的油肉耶？

如此這般在意身上斤兩，教我想起童年時又是多麼在乎自己的長相。當時總覺得自己皮膚黑，眼睛小，下唇厚，加上哭泣時，大我十歲的尪叔便誇張地移出下巴，翹出下唇，學我哭樣，然後笑我的下唇足以掛上好幾斤豬肉或吊上幾隻醬油瓶。生來不漂亮，尪叔無心的戲謔更讓我一度為自己的長相感到自卑。於是，小學和國中拍畢業照前總要對鏡輕抿下唇，讓兩唇厚度一致，以達櫻桃小嘴的美形效果。然而，鎂光燈啪閃過後取得的照片，總是讓我失望。

某天，電視上一支口紅廣告裡，鍾楚紅在輕快的樂音中漫舞，轉身的那一剎，她睜一隻眼閉一隻眼，嘟嘴，送上微笑。啊，那飽滿的紅唇性感可愛極了。自此，明白五官也能流行，而厚唇時代即將來臨，我暫且對自己的外貌有更寬廣的胸懷。

把雙腳移回原處，再度凝視出浴裸女，我認真欣賞她的背、她的臀、她的雙腿與那雙粉紅高跟鞋。

北疆的廁所

北疆的美，不論大草原，山山水水，常常一條溪流、一座連綿青山，便讓人哇哇叫個不停，然後想起加拿大、紐西蘭，或者直覺那是瑞士。借用作家李潼的說詞，真的「美得豈有此理」。

但北疆的大戈壁可就「荒涼得不知如何是好了」。

十一天的行程，幾乎每天要穿越戈壁，車上沒有電影可看，無聊透頂，同行幾個旅行經驗豐富的男人，一上車便集體選坐後面，我初始納悶，原來方便喝啤酒、吃肉乾、嚼花生，兼練痟話，也方便輪流後排斜躺平睡覺。後座的幾個男人吃吃喝喝睡睡，睡醒發呆看窗外，有時也攤開地圖，與人討論車子的大概位置，接著又是吃吃喝喝。再說一次，北疆美得豈有此理，但要看美景，得先有屁股坐大的心理準備。

一喝酒，免不了尿多。朝發夕至的車程，就算不喝酒，不喝水，一段時間後照樣有尿意。於是大約兩小時，地陪便大聲喊：下車野放，男生右邊，女生左邊。有一次，我慢下車，從車窗望外看，一群尿尿的男人，在曠野排成一列，整整齊齊，頭部傾斜角度、風吹髮倒方向，手腳姿勢一致，澆灑方向相同，壯觀又有趣。瞬間，大戈壁彷彿有了點生命氣象。女生野放顯然麻煩，得找隱密處，風太大，得輪流持傘遮。只是稍稍隱密的場所（其實也不隱密，我先生在車上曾不小心看到女生的屁股），有時是一堆小土丘，有時是一撮勉強遮下半身的草叢，而這些地陪說的最好遮蔽處，總處處是一條又一條黑黑風乾的前人遺屎，得非常小心，踮著步子，或者跳著走。

為什麼不蓋公廁呢？你一言我一語討論起來，最後是，化糞池的排水管要接到哪裡去，於是話題結束了。

戈壁、大草原、樹林、草坡等百分百天然公廁，抬頭藍天白雲湧動，四圍天地萬物靜默，放眼望去，除了路過車輛，荒無人煙，風獵獵颳過屁股。

在北疆，幾天的行程後，女生大都適應了野地如廁，於廢棄屋牆後、玉米田深處等等，不打傘，褲子快快脫了就尿。

只要是地陪喊野放的地點，無論玉米田、菜園、草原，放眼望去，幾乎地連天、天連地。但也有讓地陪意外的時候，有一次所有女生尿完上車，車正要開，兩個扛著鋤頭的男人忽然從白楊樹林的一端冒出，往另一端我們尿尿過的菜園走去。

也是郊外，三間連著沒有門沒有牆的茅坑，人多排隊，進進出出，很自然的一邊尿一邊和旁邊蹲下來的打招呼說話。印象極深刻的是第九天在美麗的大草原上，一元收費的廁所，遠遠便惡臭撲鼻，我戴口罩進去，還用衛生紙摀住鼻子，一進去仍是堆積如小山的排泄物臭味穿過口罩，出來嘔了兩聲，沒有水可洗手，領隊體貼，在礦泉水瓶蓋上刺了幾個洞，倒水讓我們洗手。上車後，大家紛紛說起味道太恐怖了，而許多男生給了一元，進廁所後，還是跑出來野放。

同樣規格設備，離中俄邊境僅二十多公里，被雜誌評選為中國最美麗的鄉村之一的禾木村，人家的公共茅坑不收費，但聽說男廁的木板，有幾塊微微下塌，有點恐怖。我害怕木板坍塌，摔進茅坑，進女廁時，特別小心踩踏，還滿踏實的，尿囉，與草原上收費一元的茅坑相較，味道不那麼虐人了，茅坑下面像一條河溝，尿下去的嚓嚓嚓聲音也不一樣。

還有一個景點，烏爾禾魔鬼城，雖有像樣的公廁，但味道一樣惡臭，女生沒有選擇的餘地，幾個男生嚷著說要牆外野放，不巧，一名女清潔人員聽見了嘀嘀咕咕正要追去看時，我趕緊拖延她的時間，說，沒啦，他們開玩笑的啦；她說，是真的，然後追出去看。我第一次為台灣人行徑感到羞恥，幸好，他們已全部尿好迎面而來。

和同行團員每次上完廁所便要論起，中國為了發展觀光，為何願意花大錢修出筆直寬大的馬路，生活中非常重要的廁所卻毫不重視。有時好不容易在休息站發現一個較新的廁所，一進去，不是沒有門，便是門壞了，廁所完整的大都便器沾有糞便；還有一個休息站，有門，進來的女生一間換過一間，沒得換了，一個女生說，啊，那不是便便，是馬桶破洞啦。也很離譜，大約二十間廁所吧，全部破洞。

廁所，還有得講呢。

公媽團之旅

里長太太阿霞揪團去貴州旅行。無購物行程，導遊司機小費全免，機場來回有遊覽車接送，團費便宜，加上亞洲最大的黃果樹大瀑布是行程之一，我沒多做考慮，也報名參加。

車抵機場，細看，二十九名團員中，年歲如我坐五望六者僅四、五，六七十最多，上八十者有五、六。這才恍然，我參加了「公媽旅行團」。

下車後，大家各自推著行李箱往櫃台辦托運。我誇一旁幾個阿公阿媽真厲害，這年紀還可以跟團旅行，也希望以後能像他們那樣健康。雖嘴裡如是說，但內心暗想，八天「地無三里平」的貴州之旅，行程表中不乏溶洞、峽谷、瀑布、石林等等，幾名年老者，體力腳力真的可以勝任嗎？

第一二天，路平坦，腳程少，老人拄著拐杖，走走停停還輕鬆。之後幾天，階梯陡坡，一走至少兩三小時，對年長者是一大考驗。一名年六十八的女團員，兩膝前彎，彎成「く」字形；背駝，走路像八十六。另一名老者，頸垂，更駝，步子小而急促。又幾名老者，不時問著，到了沒，到了沒，還多久。有人問起下次還要來嗎，嘴說莫莫莫，頭則搖個不停。

還不到景區，一老伯尿急憋不住，找到一棵大樹解決了問題。到了景區，幾名阿媽大喘一口氣，紛紛進廁所。然後，一間廁所裡長嘆：唉，帶這些老查某出門真麻煩，整天在找便所。有一間回應：水不敢喝多，只喝幾喙，也是厚尿。然後，又一間自言自語：吃老真慘，跍嘛跍不下，企又企不起來。

休息時，和幾名老人閒聊，這次旅遊，大多是子女鼓勵參加，贊助團費，還給旅費等等。這讓我想起年初去土耳其時，有一天，餐桌上有人聊起琉球之旅，一年約七十的大叔說他去過三次，我好奇那地方真的那麼好玩那麼吸引人嗎？原來，第一次有人揪團去 Okinawa，大叔報名參加了。幾年後，又有人揪團去琉球，他也參加了，去了才發現舊地重遊。然後，又報名了沖繩之旅，這才發現三個地名，實則同一個地方。共餐者聽完無不大笑，大叔也笑，笑完說，我怎知道，小孩鼓勵我哪裡有玩的就跟去，不要一直待在家裡。

八天行程中，不知是老人家水土不服或太勞累，三人拉肚子，其中一人上吐下瀉。二人感冒。另，一人不小心被開水燙傷起水泡。還有，參觀黃果樹大瀑布時，途中，一黃女士的先生走丟，領隊找他找得心慌慌；登機前安檢時，他也疏忽了，身上帶著打火機，被一女安檢員訓了一頓：你這什麼意思，沒看到告示嗎，分明是故意的，你過來，過來呀……。安檢員實在兇悍，他愣在一旁，看是嚇到了。我請領隊過去關心一下，領隊說，誰去都沒用的。

而黃女士，比他先生更需要人關心。

我一次次瞧見幾名老人旅行途中的種種尷尬，也一次次想起母親的旅遊經驗。有一年冬天，和兩個妹妹帶母親去泰國避寒，其中，自費行程猛男秀，幾乎全團期待，我們只好參加，當晚，真是難為了八十老母。還有一次，母親和鄰居阿姨搭郵輪去琉球，船靠岸自由行，大家散去，兩人下了船，走啊走，看到一家拉麵館，一起進館吃拉麵。吃完拉麵，怕走丟，不敢亂踅，於是又回到船上。船上呢？兩人不知道要做什麼，看海吧。

有些老人出門，最好有子女隨行，最好安排適合老人的行程，最好……這樣的話題，看似簡單，於今，討論了便很難收場，只落得更尷尬。

回台，下飛機領了行李，往停車場行去。那位兩膝前彎的團員，肩背一個後背包，手推車上放了一個大行李箱，行李箱上又多了兩件貴陽買的駝毛棉被。

長城行

走逛古北水鎮時，與朋友月草和小鸚臨時決定買纜車來回票，爬司馬台長城。

下了纜車後，爬了一段彎曲高遠的山路，風愈來愈大，登上長城，沒有遮蔽物，風更大了。爬到第八個塔樓時，遇見一名自稱來自台北的中年女子，說纜車停駛，她的夥伴都在山下，不知怎麼辦。

怎麼可能？後方纜車還在滑動啊。找駐守人員詢問，證實纜車真的停駛了。風勢會減弱嗎？纜車可能復駛嗎？都不知道。下山的腳程約一個半小時。

塔樓只開放到第十個，兩名遊客正往第十樓前進。放眼望去，長城上只剩我們四個人了。不到五分鐘，纜車果真停了。我有點心慌。

回程公交車是五點，從長城入口穿過古北水鎮，走到站牌約一小時，山下遊客多，最慢四點半要去排隊，否則五點的車次沒搭上就得等到九點。看了時間，沒得選，也不能再流連了。匆匆拍照，速速下山。

小鸚有懼高症，連搭手扶梯都恐懼，好不容易爬上第八個塔樓，卻要面對困難許多的回程，如今也只能勇敢面對了。

我們邀那女子一起下長城，她說風大，坡度太陡，不敢走。我挽著她，說一起走，好相互照應。她又說，都是石板路，她的鞋底摩擦力不好，怕滑跤會把我拖倒。最後，我與她面對面，手牽手，一步一步如螃蟹橫行。後方的月草挽著小鸚，走走停停。

長城兩側牆垛低矮，不及小腿一半高，有些路段，沒有階梯又陡，中年女子害怕，坐在地上讓臀部往下擦滑。我一步一步前進，強風颳得我步伐左飄右移，彷彿要被吹落山谷。此時，陽光猛烈，我們卻冷得想躲進塔樓，然而，厚牆風化毀損，四面都是風口，躲來躲去，找不到一面可避風的牆，唯有繼續前進。

瞬間，強風中又颳來一陣強風，要拔起身體般，我暫時蹲倚低牆。突然想著，出發前一天下午，幫家人滷了一鍋豆干、海帶，可以吃上好幾天，不知吃完了沒，如果吃完了，滷汁會不會再利用？當天也買了意外險，選購哪類方案時，像是參加互助會，也像是下一場賭注，猶豫許久。簽名時，假想若真客死他鄉，至多書房太亂，來不及收拾，其他，也沒啥後顧之憂了。

年輕時，死亡遙遠得與我無關似的，年紀大了，看多親友病痛，生死了然於心，參加告別式，有時像是赴一場下午茶那般自然。意外之於死亡，只是驚嘆號代替了句號，都是結束。多年前，挑戰者號太空梭於發射升空後七十三秒發生解體，七名機組人員全數罹難，那時我才二十幾歲，在電視機螢幕前不捨哀悼，隨著年歲增長，卻以為人生免了病，又痛快一死，未嘗不好。

早已交代家人將來不辦告別式，樹葬回歸自然。此刻，雖不是冰天雪地，也未達暴風颶風等級，但果真我在此發生意外，都是歸鄉。至於辛苦多年，與先生一起打拚出來的美好江山是否會拱手讓給他人。只有祝福。

一步步踩踏在六百年前的長城上，胡亂遐想中，又揣想當年築城民工與頻繁戰事，耳邊風聲獵獵，幾百年前的亡靈彷若隨風奔竄。忍不住再次掏出相機拍照，拍這地圖上，拉鍊般縫在崇山峻嶺間的龐大建物。

走下第三塔樓後，風勢減弱了，坡度緩和許多，遊客也漸漸多了起來。中年女子漸行漸遠，消失在人群裡。我問小鸚，這趟長城行克服了懼高吧？她說都要哭出來了，永生難忘。

一段夜路

深夜，我在羅東客運總站下車。身旁一年約三十的男子，拄著手杖，問司機，萊爾富怎麼走。待司機說完，我告訴他正要去停車場，會經過萊爾富，可以一起走。本以為他要把手杖的另一端讓我握，但，他要我把肩借他搭。

我很高興自己的右肩暫時是他的眼睛，完全不顧慮和一個陌生人行走的不自然或尷尬。

我們邊走邊聊，他說，夜晚最怕遇到野狗，往往一大群突然襲擊過來。他的話教我想起有幾次遛狗，遇上站成一排的野狗，牠們慢慢慢慢聚攏過來時，總讓我心臟揪緊、頭皮發麻。於是我說，我能理解，不過，車子一樣也很可怕吧。他說得很淡定：車子行進時有聲音，倒不怕。

語方畢，十幾公尺外，一隻中型犬從左邊馬路朝我們走來，後面又跟來一隻，差不多大小。

而他，彷彿「看」得比我清楚。

我告訴他不用怕，牠們走得很慢，像在散步，看來沒有攻擊我們的意圖。這時他又提及某次一群野狗對他攻擊的恐怖經驗。

兩隻野狗晃到路燈下，接近路口，在靠近我們之前，其中一隻輕搖尾巴又轉頭了。可惜他看不到狗兒對我們示好。我只說，別擔心，狗兒在路燈下晃，沒過來。

我突然想著，他見過狗嗎？他出生時，這世界是黑暗的嗎？若不是，他如何艱困地穿越兩個不同的世界？無論如何，我真希望他睡覺時作個夢，夢中，他摸著狗兒，抱著狗兒，各種品種的，他也順牠們的毛，長毛和短毛的，黑的、白的、土黃的、有斑塊的，他都看見了。

剛下過雨，空氣乾淨清新，月亮從雲層透出，地面潤著薄薄的白光，路上沒有其他行人。我說了眼前所見，也問起等下是否有人來接。他說走到萊爾富就知道怎麼回家了。

我又問他住哪兒，他說右邊有棟大樓，我望向那棟大樓，兩人不約而同說出大樓的名字，然後，在黑夜中一起笑了。

到十字路口，我們停步。右邊小綠人燈快步行走，我帶他右轉慢慢橫過馬路，邊走邊說明正在走的路線和他原來的直行路線不同，也不會經過萊爾富。問起何以上台北，說是找朋友，又說起過去的學業，及正在社大上吉他課……

他談起學業，我想起盲文。以前為了讓班上孩子知道盲胞如何讀書，特地去盲人學校要了一本書回來和學生一起以手指「讀」，但，只讀到突起的顆粒，一個字也讀不出。而他們，一行一行觸摸，觸摸了國文、數學，也觸摸學科以外的世界，一個黑暗中閃著光的世界。

穿過機踏車停車場，來到他要回家的路上。我問需不需再陪他走人行道，過前方馬路，他很客氣道謝後，說過馬路沒問題。

互道再見後，我不放心，仍站在原地，看著他回家。

也許路徑突然改變，他一時難以適應，竟斜向人行道旁一片荒地走去。我趕緊過去引導，這才認真看了他，一個清瘦、白皙、俊帥的年輕人。

然後，他的手杖左點右點，很快就點出自己的一條路。

陳桑

山上的小黃突然不見了。有人說，那麼多天了，也許死在山林裡，也有人說，大概被鄉公所的捕犬隊抓走了。

直到第四天早上，我與幾名山友正要進入步道，忽見小黃一瘸一跛，搖搖晃晃地從斜坡上走了過來，牠的右前肢嵌著捕獸夾，捕獸夾後還拖著一條粗重的鐵鍊。沒有哀鳴，教人看了心生更大的哀鳴。兩名山友趕緊上前拆掉捕獸夾，送小黃去動物醫院。

我猜想，小黃可能要截肢。並且，陳桑很快就會得到小黃出現的消息。

幾天後，重回山上的小黃，果真少了一條腿。陳桑見了小黃，邊撫摸邊撂下狠話，若被他知道是誰害了小黃，要叫人去砍斷他一條腿。

陳桑，七十幾歲了，過去混黑道，小小的眼睛，閃出的光芒是柔和的，偶爾也開開葷腔。山友們都說他行事阿莎力，很大哥樣，我也聽說他年輕時，幫人處理一件建築糾紛案，事後人家給他一百萬支票酬庸，他收下了，問對方這樣算什麼兄弟，隨即把支票撕了。

陳桑平時說話客客氣氣，倒像生意人。有一次，山友聚餐，有人好奇問他過去，他毫不隱諱，說起自己年少在學校常打架滋事，高職被退學後，跟在板橋的一老大身邊當小弟。有一天，老大在北投賭博，一賭友欠錢不還，老大叫他去學習殺人。他備妥一根長扁鑽，跟著老大出門等著，那人走來，老大對他使眼色，他於是上前，往人家屁股刺下去。他說，第一次殺人，心裡很害怕，回到家還鬧胃痛。

此後，陳桑幾乎半輩子拿刀殺人拿槍打人，但他疼狗，也疼女人。他說，年輕時，雖然女人一個換一個，直到現在的「妻子」，卻從未對女人動粗。他認為女人就是要來疼的，打女人的就不是大丈夫。在高雄服刑時，一名小的探監時偷偷告訴他，嫂子跟了別人，他自己心裡苦著，出獄後，什麼也沒說，主動離開人家。

許多年了，我從未目睹陳桑與人起爭執或發怒，但有關狗的事例外。有一次山友舉辦南部旅遊，有人特地滷好雞肫，分袋送大家吃，陳桑下車看到流浪狗卻分給狗吃，對方看了，說他浪費，給人吃的食物怎給狗吃，雙方自此心生嫌隙。還有一次，清晨，他和妻子在山下餵狗，有人開車經過，暫停，搖下車窗，對他們說：不要再帶食物來餵狗啦，這樣，流浪狗才不會愈來愈多。他突然站起來，破口飆罵，並且要對方下車。

陳桑和妻子都疼愛山上的流浪狗，尤其是小黃。每天清晨四五點，一群狗兒齊聚土地公廟旁，遠遠看到他們的黑色汽車，彷彿認得車牌號碼般，汪汪叫，興奮地猛搖尾巴。他們一下車，隨即簇擁而上，等著享用麵包、肉骨頭、雞頭雞屁股等等。

這裡的狗兒每一隻都溫馴，從不攻擊山友，和獼猴也和平相處。每一隻都有名字，全是陳桑和他妻子取的，和他熟識的山友，都能喊得出。若不是多年前他們經歷狗兒年老病逝的沉重傷痛，若不是目前公寓住家養狗諸多不便，他們早就把小黃帶回家養了。

我有段時間沒上山，找不到「美女」，聽說牠誤踩陷阱，被捕獸夾夾斷一條腿，陳桑送牠去醫院截肢，出院後，一山友帶回家養。小黑、小白和乖乖也失蹤一段時間了。算來，小黃資歷最久，大家都說牠厲害機伶，三條腿還跑贏其他狗，捕犬隊要抓牠沒那麼容易。

去年冬天，陳桑有事去台北幾天。小黃天天下山等在路口，幾名山友經過就告訴牠，你的陳桑這幾天不會來爬山，不要下來等了，但小黃仍是每天約六點過後就下山等人。一山友有感於小黃的忠心，拍照傳給陳桑。陳桑回說忙啦，過幾天就去。下雨了寒流來了，小黃仍是六點左右就奔下山等人，又一山友不忍心，也拍照傳給他，還特地打電話叫他快回來爬山。

陳桑回來爬山那日，一些山友見了他，說，你的小黃天天趴在路口等你，風雨無阻，足感心耶。

年輕時的陳桑靠綁標賺了很多錢，但他說，錢怎麼來怎麼去，現在也花得差不多了。他批評起網路時代凡事透明，害他沒錢可賺。不過，碎念完又說，自己老了，也想透了，所以收腳洗手回羅東。

現在，陳桑和妻子清晨爬山，平常唱唱卡拉OK、打打麻將，偶也參加國內外旅遊。有一年夏天，陳桑和幾名山友跟團出國旅行，在回程飛機上，他買了一瓶雅頓香水，鄰座問給誰買的，他回答，是買給小黃噴的。

我的家鄉在越南

你說我們越南人都很瘦，沒錯，可是我現在也變胖了。你說我這樣不算胖？我告訴你，我嫁來台灣胖了十公斤。沒辦法啊，二十年前，我嫁過來時，我先生和他們家人都不喜歡吃我煮的菜，說沒有油，很難吃，我只好照台灣人的習慣煮。

你們台灣人很奇怪，為什麼煮菜都放很多油？我們在越南都吃得很清淡，很多青菜都是生吃，像魚腥草、黃瓜、番茄、空心菜等等，在湯裡泡一下也可以，或是用水燙一燙，再沾魚露、醋或是檸檬汁就很好吃，很少用炒的啦。如果用炒的，油也是放一點點。你現在吃的河粉，湯裡也有加檸檬汁和九層塔，這是道地的越南河粉，吃起來是不是很清淡，而且香香的？

我們煎蛋也跟你們不一樣，我們是把蛋打一打，蛋裡面放一點點醬油，拌一拌，鍋子裡的油也是一點點就好，蛋汁倒下去，趕快攪一攪，這樣也很香很好吃啊。你說油太少蛋會黏在鍋子上，根本不會。我剛剛有說，蛋汁倒下去要趕快攪一攪，太慢了當然會黏在鍋子上啊，你回家試試看。把蛋煎得膨膨是很漂亮，可是你就同時吃了很多油，會變胖，又浪費，這樣不好啦。

你們就是這樣吃，所以高血壓、糖尿病、中風、洗腎的慢性病人一大堆，醫院天天擠滿了人要看病。我們越南大部分是老人才會去醫院。我告訴你，在越南如果聽說有人要洗腎，就表示那個人快要死了。你說的也沒錯，小孩子、年輕人也都會生病，通常是小病啦，像感冒、肚子痛，去藥房買藥就好啦，看醫生要花很多錢，台灣的健保真好啊。

唉，你們也很愛吃肉，我嫁來這裡，每天煮菜桌上一定要有肉，豬肉、雞肉和魚，炸的滷的煎的。我們也是有吃肉，但是沒有天天吃啊，青菜吃比較多，也有吃魚，就酸魚湯啦。我們越南的魚很多，這種魚和你們吃的不一樣，你們吃的是海裡的魚，我們都是吃湖裡和溪流裡的魚。我們也常吃豆腐，豆腐也很有營養，不會輸給肉喔。是啊，你說的沒錯啊，我們就是這樣吃，所以大家都瘦瘦的，真的，你去越南住幾天，路上找不到胖子。可是，很糟糕啊，我的兒子女兒也跟你們一樣，愛吃肉，愛吃炸的東西，改不過來啊。

我覺得你們很浪費食物，吃不完都倒掉，這樣不好啊。我們從小，大人就告訴我們，能吃的東西都不能丟掉，你丟掉，死了以後下地獄，靈魂就要繼續吃你丟掉的東西，全部吃完才能吃新鮮的，而且你下輩子也會沒有東西吃。我都告訴我兒子和女兒，要珍惜食物，能吃的就不可以倒掉。

你沒有看過戰爭，你不知道啊。以前戰爭，很多人是餓死的。戰爭很可怕，我還有印象，那時候死了很多人，很可憐啊。我還記得小時候，肚子很餓很餓，可是家裡都沒有東西可以吃，我一直哭一直哭，有時候哭累了就睡著了。

嫁來台灣好不好？當然好啊。我剛嫁過來時，我媽媽一直哭，她本來很不放心，後來過來跟我一起住三個月，回去就比較放心了。

住在台灣最好的事就是買房子可以貸款，銀行還鼓勵人家多多貸款。我們越南不行啊，你想買房子要存很多錢，都存夠了，然後用布袋裝起來去買。我們越南人很愛黃金，常常買黃金，買房子也可以用黃金。很多人把錢和黃金存在家裡，都鎖在櫃子裡，那種櫃子你們叫什麼箱？對啦，就是保險箱。也有人在家裡挖洞埋起來，要用再挖出來。開戶存款？沒有啦，我們不喜歡把錢存在銀行，那很奇怪呀，存在家裡比較安全。你們台灣人都把錢存在銀行，還有辦提款卡和信用卡，我後來在台灣也有開戶，還辦卡，這樣真的很方便。

我剛嫁過來時，也有和我先生去你們羅東看房子，很便宜啊。很多房子蓋得像別墅，還有花園，實在太漂亮了，住起來一定很舒服。可是羅東太遠了，我想在台北做生意，所以就在延平北路買了一棟公寓，才三十幾坪，沒電梯，那時候就六百多萬，現在一千多萬了。這裡房子很貴，房租也是，你看我這店面小小的，大概兩坪吧，沒有廁所，我上廁所都要向人家借。給你猜，這樣一個月要多少？一萬，不對。一萬五，也不對。猜不出來喔，我告訴你，一個月就要二萬元。

你說你去過越南，去北越嗎？我就知道，你有去下龍灣對不對？去北越都會去下龍灣。我告訴你，南越比較進步，北越比較落後，我住在北越，每年都會回去，孩子也會和我一起回去。

回到家鄉，我都會帶他們去看看和台灣不一樣的生活文化，像是水上人家、水上市場。我希望我的孩子也認識我家鄉的文化，像是中秋節的晚上，越南人都會提燈籠上街，燈籠裡面插蠟燭，本來鄉下暗暗的路，那天就變得很漂亮。我小時候都是自己做燈籠，不會很難，用竹條黏玻璃紙，裡面再插上蠟燭就好了，呵呵，我也曾經不小心把燈籠燒壞了。現在還是有人自己做的，不過很多人都用買的啦。

我忘了告訴你，我的孩子都會講越南話，而且講得很好喔。兒子現在上大學了，女兒讀高中。我兒子很乖，下課都會來店裡幫忙，女兒比較愛玩，也比較懶惰。可能我對兒子比較嚴格吧，小時候不乖我就打，他不敢做壞事啦。我以為女孩子會比較乖，比較好教，沒想到女兒比較難管。

你說越南的十字路口紅綠燈很少，摩托車很多，一直叭叭叭，過馬路很恐怖。是沒錯啦，車子不會讓路給你，自己要小心，我們都習慣了，可是越南也很少發生車禍，台灣的車禍比較多啊。

越南女生都很漂亮，皮膚都很白？謝謝誇獎，皮膚不一定都很白啦，像我姊姊天生皮膚就黑，我是怎麼曬都曬不黑，台灣冬天很冷，冬天到了，我的皮膚會冷得變黑，冬天過了，皮膚就白回來。

我很少跟客人聊天聊這麼久，今天和你聊天很開心。你說我們的河粉好吃，木瓜絲也好吃，謝謝謝謝，下次再來啊。

我在太麻里火車站前狗一樣亂叫

車還沒停好，我發牢騷：這個號稱全台最早看見日出而聲名大噪的太麻里車站，不怎麼樣啊。至於日出日落，各縣市相差不到二分鐘，又不是幾顆太陽比短跑，有什麼好比？再往車窗外看，只是一條馬路，中央線以路燈分隔，竟有一群人在拍照，有什麼好拍？

下車後，環顧四周。

七月酷暑天，突然一道涼風吹進心底，想起汪曾祺在〈泰山片石〉裡這麼說：「人到了超經驗的景色之前，往往找不到合適的語言，就只好狗一樣亂叫。」而我，一時不知如何與家人分享內心的悸動，也成了汪先生筆下那隻亂叫的狗：「哇！」「太美了！」「好棒啊！」「好漂亮啊！」

拍照吧，且慢。打卡也不急。容我想想什麼是合適的語言。筆直寬廣的馬路彷彿畫家的巧思，把我的視線推向遠處比陸地高的蔚藍海洋，再推向不同飽和度的藍天、漂浮的白雲。畫面寧靜，樸實，和諧，一幅畫作在天地間無邊無際開展。

記憶中，各地車站，周邊熱鬧繁華，即便僻鄉小站，仍有住家店家一二，此地建築物謙卑地後退到公路盡頭。實在不怎麼樣的這座車站，突然有種孤獨與荒涼的時間美感吸引我。

須臾，一焦糖膚色的年輕男孩，背著行囊步出車站，跨上一婦人機車後座，噗噗離去。我不由得想起許多外出的宜蘭人坐火車返鄉，只要看到龜山島，就知道宜蘭到了，龜山島是家鄉的記號。太麻里的孩子，每當搭火車外出或回來，路的那端，或湛藍或鉛灰，或墨色濃重，晴陰雨霧暈染各款色調迎送，內心是否百般幽微……

「這裡，美呆了！太棒了！來幫我拍張照片吧。」有些語言，適合沉思，說出口有些彆扭，還是狗一樣亂叫容易概括。

輯三——踢銅罐仔的人

踢銅罐仔

那日晚飯後，大人在稻埕裡搖扇乘涼，七、八個小孩吆喝玩踢銅罐仔。

大家圍著圓圈內的空鐵罐猜拳，幾回「剪刀石頭布」後，最後一個猜輸的當鬼。

我們公推腳力最好的一名男生負責踢鐵罐。當鐵罐踢飛，大家一哄而散，紛紛躲藏，鬼也早已衝出撿鐵罐，放回圓內，眼觀四方，開始抓人。

我往巷外轉角的柑仔店阿珠姨家跑，蹲踞亭仔腳的檯架下。架上的糖果、李鹹、餅乾等玻璃罐，露出一大截罐身，高高與我對望，戳戳樂和抽抽樂在我頭頂上。幾袋白蘭洗衣粉堆放在我腳邊，我提起其中一包，掂掂重。突然想著，如果拿一包回家，家裡的洗衣粉用完了就不必再花錢買。又想著，阿珠姨家在賣東西，賺很多錢，少了一包洗衣粉不會怎樣。還有，聽說她都拿抽抽樂的籤仔去燈泡下照，把大獎號碼抽走，所以大家都抽不到。

我挪移幾步，抬頭見阿珠姨家沒有人，匆匆抓走一包洗衣粉鑽出檯架，衝出亭仔腳。但是，才衝出，就聽到自己的喘息和心跳聲，兩腳也突然變得很重，走走停停，數度回頭，卻不敢轉身，只好向前走，短短四間矮房相連的小巷，我走了好久。經過其中一間矮房時，從窗櫺望見媽媽在洗碗，我靜靜看著她的背影，沒有喊她來開門，然後蹲在廚房對面電線桿後方，看著路燈下的金龜子亂飛。我抓了一隻，輕輕包覆手裡，金龜子的腳有時騷抓，有時勾刺著我手心。那刺癢像是陪伴，暫時安撫了我心底一種無以名狀的孤單。

三個被鬼抓到的「死人」看到我，向我招手，示意鬼去找人了，要我去救援。如果我衝出去把鐵罐踢走，這時候，「死人」獲救復活，可以再跑去躲起來。「死人」之一是和我感情很要好的鄰居，我也曾被她救過幾次，我應該衝出去救她，但我身旁那包洗衣粉，一時變得很重，像是黏在我身上般，甩不開。

一直站在稻埕看著我們玩的鄰居阿姑仔也發現我了。她走過來，看到那包洗衣粉，問起，我沒答。又問是阿珠姨家的嗎？我點頭。她說，我陪你去，你自己把它放回。

我們慢慢往柑仔店前行，她要我站到牆邊等，上前探探，然後示意我出來。我快速放回那包洗衣粉，不自覺張開另一隻手，金龜子飛了。我往回跑，躲在廚房外牆根下。三個「死人」不知被誰救了。鬼繼續四處抓人。

那幾斤沉重的豬肉

老家大廳牆上掛著曾祖父的遺照。曾祖父肩膀瘦削，兩眼無神，上唇薄得只剩線條，下唇大片翻翹，看起來很不對稱。

我幼年時，年長我十歲的屘叔，經常誇張地撇出下唇，然後指著牆上的照片，笑我遺傳了曾祖父的翹嘴巴。我生氣或哭泣了，他動作更甚，還學我哭樣，並且譏笑我嘴巴可以掛上好幾斤豬肉。

我在屘叔的笑謔中成長，加上皮膚黝黑，眼睛小，一直覺得自己長得醜，很羨慕別人膚白，大眼睛，小嘴巴。小學五年級時，有一次學校話劇表演〈完璧歸趙〉，我沒被老師選上，竟怪起老師偏心，專挑漂亮的同學演戲。

畢業前，同學們互贈照片，在紀念冊上留言。我很希望在別人冊子上留下美麗的影像。於是，拍照前，在鏡子前研究自己的臉，該把眼睛張到多大，該把下唇內縮多少，嘴角上揚多少。

我梳整，穿上制服。到了照相館，見櫃檯玻璃墊下，七、八張大頭照，個個五官端正，清秀美麗，真希望自己也能和她們排在一起，供人欣賞。梳齊頭髮，理好儀容後，慎重準備好在家模擬的表情，希望在鎂光燈啪閃的剎那，呈現最好看的自己。

三天後到照相館取照片，相片袋裡浮出一張大圓臉，眼神驚嚇，嘴巴似雞屁股的我。我有點生氣，一半氣自己，一半氣攝影老闆，但沒有多餘的錢重拍了。

國小畢業後，幾乎沒再跟相機照面，一則家裡沒相機，二則沒多餘的零用錢和同學分攤照片沖洗費。直到國三拍畢業照時，我的嘴巴再度緊張，拍照時依然裝模作樣。

屘叔退伍後一直在外地工作，逢年過節返鄉，還是愛拿我和曾祖父的嘴巴大開玩笑，我因此非常討厭他。漸漸地，雖明白屘叔無惡意，個性關係，說話直白。但，就是他，讓我對自己的外貌長久缺乏自信。

後來，電視上出現港星鍾楚紅代言的佳麗寶口紅廣告，她半瞇著眼睛，輕啟兩片瑩亮飽滿的唇，美麗性感誘人。我暗自對照：雖然我的嘴巴闊了點，但彼此厚度差不多，並且下唇都比上唇厚些。何以人家不笑，那唇也美，笑起來，弧度更美？在一次一次的廣告中，我彷彿得到救贖般，一兩一兩摘掉下唇吊掛的那幾斤沉重的豬肉。然後，我給自己買了口紅和唇筆，誠實地用唇筆描出唇形，再塗上口紅。

接受了自己的唇形，整張臉竟也順眼了。

年近耳順，時間相繼贈以眼袋、黑斑和皺紋。有一天和朋友玩自拍，她祭出修圖軟體去斑除皺，調五官大小，肥U臉變小V臉。屏幕裡的我，年輕了十幾歲，卻想起幾十年前那張抿下唇、張大眼的大頭照。

調羹

還記得很久以前的一幕影像，母親從病床旁櫃子拿出碗和一根以衛生紙包覆的調羹。她倒出煉乳，注入熱開水拌勻，一口一口餵我。煉乳滋味香甜，我明明舔乾淨了，仍忍不住舔了又舔。

生病，享受了平日難得的食物安慰外，當調羹含在嘴裡時，那滑柔的線條、溫度與厚度，有別於日用鐵湯匙的硬、冷、薄，彷彿器物本身也能泌出甜度般，我喜歡那難以說明清楚，淡淡的、愉快的滿足感。

調羹，通常是大拜拜請客時，專給客人使用。平日，飯桌上舀稀飯、舀湯都是一把公用木柄鐵勺子。小孩子偶也以淺底，比調羹小的小湯匙吃飯。對小湯匙最深刻的記憶是它末端的一朵玫瑰花雕飾，還有，一碗碗香噴噴，冒著白煙的豬油拌飯上。

傍晚，母親在大灶前篩出白飯後，幫我添上一碗，然後淋上蔥爆豬油和醬油，攪了攪，遞給我，我隨即從碗緣斜插入兩根湯匙，直奔稻埕嬉戲。那是預防玩跳房子、玩各種遊戲時，如果湯匙掉地上弄髒了，還有一根可用。

從小就具未雨綢繆的性格，並且，憂患著未來，有時也莫名哀傷於過去。就像那把曾經讓我感到愉悅的調羹，不知怎地，像被催眠般，幾十年後，我忽然察覺，一旦握上它，內心便會生出幾許不自在及些微的距離感。

也許，潛藏多年的病痛記憶，多年後突然在某個時空悄然冒出，比如電視劇中人物生病吃藥，不論古今貴賤，或碗或盅，定附有一根純白瓷調羹供旁人餵食。我看著長相一樣的調羹，舀著一齣齣不同的病情，不知何時，莫名就舀出某種思緒、老舊氣味、片片段段殘影，儘管淡遠，記憶早已封存，但病房裡床單、棉被的白，醫生的長袍、護士的帽子連身裙的白，煉乳的白，許多的白一起被一根白色調羹舀起。後來，祖父、祖母、父親生病住院，母親幫忙準備的衣物餐具中，依舊有一根以衛生紙包妥的調羹，我一看見，往日那些白，稠成一團霧，漸漸籠罩過來般，內心便就生起微微的悵惘。

那根包了衛生紙的調羹，走出醫院後，多年後也走進我的生活。最初，我在百貨公司買了一組咖啡杯具，另附一根細頸小瓷調匙，小巧可愛，和杯盤是絕配，但不等煮杯咖啡加奶攪拌，已先攪起了一股淡淡淺淺的哀傷。我於是將它永遠放進廚房抽屜裡，繼續使用原來的鐵湯匙。

回娘家的午後，有時母親端來綠豆薏仁、珊瑚草這類點心時，頓覺坐五望六的年歲，還有母親疼愛，實在好命。然而，碗裡斜躺著一根顏色霧白，似是時光那端走來的調羹，但也不是非得要換根湯匙，否則食不下嚥似的，只是快意失了幾分，不禁起身到廚房另找一根相同大小的鐵湯匙來用。

參加婚宴，會中，時不時傳來調羹和碗的碰撞聲，輕輕的，音色清脆玲瓏，幸福的聲響如同我曾經舔了又舔，像是會溢出的奶與蜜般。然而，我在握匙飲就那一刻，鼻尖美味噴薄出的是慘白時光的老舊氣味，隱而不顯的違和感於是生起。

曾經線條滑柔的調羹，依然滑柔，可如今一握卻細如針尖，不小心就戳刺了心緒，不痛，卻教人不自覺地縮了一下。

濡貼的日子

國一下學期「好朋友」初訪，母親把我帶到浴室，要我換洗褲子，然後轉頭拿了一疊厚厚的衛生紙，還有一條長方形軍綠色的東西給我，順便教我怎麼使用。我墊了衛生紙，把惶恐和飄忽感一起套上兩腿，再穿上內褲，那些日子哪兒都不想去，見了人，彷若一件祕事正在進行，深怕被窺知般。

那是衛生帶，母親從聯勤被服廠要來的碎帆布，親手裁製而成。我直到用上了，自己清洗，才發現原來這東西過去躲在母親的內褲裡，而母親的內褲又晾掛在浴室的小角落；我，則不知不覺依循母親的方式，讓它繼續躲藏。它，如此神祕，又猥瑣得彷彿見不得人似的。

然而，我第一次遇見它卻是在稻埕上。

童年的夏天，稻埕上曬滿白花花的甘蔗渣，綠頭蒼蠅飛來飛去。午後，日光烈燄稍減，我和鄰家幾個玩伴衝出家門追逐嬉戲。那時，阿燦從甘蔗渣裡撿到了一個四個角連著鬆緊帶的塑膠布，他高舉揮舞，轉幾圈後，拿來與玩伴互擲。一旁祖母正在翻曬木頭，那東西飛到她腳邊，仰起的一張臉，先是詫異，隨即神色不悅開罵。然後說，放水流，拿去放水流，邊說邊拎起那物往圳溝行去。回來，繼續罵。

祖母當初罵了什麼，已不復記憶，如今回想，甘蔗渣裡突然出現一條衛生帶，極荒唐的事。祖母將它放水流，也不願它和甘蔗渣一起當材薪燒，許是怕玷汙了灶神。而當時她罵的或許不是我們，可能是任意丟棄或不慎遺落那物的某女子吧。

每個月尷尬的日子來臨時，極受罪。衛生帶常引起鼠蹊部過敏起疹。睡覺時便要焦慮萬一潮水側漏，弄髒褲子和棉被，第二天要起早清洗。於是躺在床上不敢任意翻身，整晚睡不安穩，由此，白天嗜睡，呵欠連連。體育課，又偏偏是男老師上課，最是令人戰兢。上課前換穿的體育褲，不論季節都是純白色，只有質料和長短之別，如此沒有安全感的顏色，逢生理期，隨時擔心可能在眾目睽睽之下像尿褲子般，讓人羞愧臉紅。

因此，我們很快就學會上體育課時皺眉假裝肚子痛，要求在教室休息。不過，行走坐臥也都要很小心，有時衛生紙像長了腳，你走動，它也跟著走，一不注意，它還跳出來。我讀國三那年，有一天放學時，在教室後方斜坡處，發現一疊血漬焦褐的衛生紙，那彎曲的弧，經太陽曝曬，彷彿素燒出一個私密部位的胚體。男同學走在我後面呢，那彷若是我不小心遺落的失物。多麼尷尬，只好快走，快快走。

第一次聽聞「衛生棉」這詞是高一暑假前。那時打算和同學去梨山打工，幾個同學談起這玩意兒。她們說，衛生棉吸水力強，不容易滲漏，不用一直跑廁所，問我要不要一起去買，帶兩包到山上備用。我好奇也渴望見識這神奇的東西，回家問了母親，母親說，爸爸上班的中興紙廠每個月配給很多衛生紙，多帶兩包去就好了。我有點失望，她於是提及以前沒衛生紙時，用黑布條墊底，髒了就洗，一直洗一直洗，那才不方便。

那個暑假，我沒上山，和妹妹到板橋一家紡織廠應徵作業員，當天開始上班。有一天，我輪大夜班，清早下班回宿舍，一個不同部門同寢室的女孩，走在我前面，她上樓梯，我嚇一大跳，她真的不知道自己的內褲染了大片血跡嗎？我趕緊上前告訴她，她若無其事，回到寢室，大字形癱在床上睡著了。我非常疲憊，也躺下休息，閉上眼睛，電扇嗡嗡，內心嘖嘖，腦海裡一片血紅，紅了好久好久才睡著。

我推演時間，實在想不起什麼時候開始使用衛生棉，打電話問我同學，她說，上高中就使用了。我提起高一梨山打工前，大夥兒還討論衛生棉之事。她恍然大悟，長長一聲「啊！」並且大笑，邊說邊笑，笑說有一天上課時，好朋友來訪，衛生紙先是滑到尾椎骨上，又跑到腰部，很不舒服，微抬屁股用力坐下、晃椅子側挪屁股，用盡各種方法都挪不回來。下課到廁所一看，原來，斷成兩截。

我依然推演不出時間，只記得，有一天電視上悄悄出現衛生棉廣告。我還記得「摩黛絲」、「靠得住」等等牌子，也想起後來標榜那種「有翅膀的喔」的蝶翼衛生棉。但我只是想像它的功能性與舒適度。

家裡的衛生紙依然多得有時拿去送人，母親有她個人的堅持，我終究擋不住時代潮流，拆開生命中第一包衛生棉，摩黛絲，自黏式背膠，那真是「跑不掉」的體貼設計，我的衛生帶自此「放水流」。

多年來，好朋友的週期，如月缺月圓般規律，直到有一年去桂林玩，它不該來的時間突然來訪。我請當地導遊帶我去買衛生棉，她說可以幫我買，我感謝她對客人服務周到。衛生棉送到我手上時，標價撕掉了，痕跡還在，我永遠記得，她說出折合台幣約三倍價錢時，聲音和眼神是那麼理所當然。儘管不甘願給錢，也得乖乖給，並且微笑說謝謝。

又有一年冬天去北海道旅遊，最期盼的是皚皚白雪中泡露天溫泉。怎知，前一天突然泛起潮汛，那時間不該發生的。我一個人留在旅館房間，躺在榻榻米上，窗外遼闊幽深的黑夜裡，上弦月浸浴在紛飛的細雪中，那瘦削的銀白似一種重量漂浮著。我在發呆中忽然意識到，腹部裡那只容器向來按時間漲落，如今，是否因著歲月的磁吸，那原本務實的鐘擺，於是步伐凌亂？

之後幾年，漸漸的，體內那座鐘，不再按週期崩落，溫熱的潮水湧出時，也逐漸異於日常的緩緩水漫。天空蔚藍，我的皮膚仍感受到青春活躍地戳刺，這麼快就要日暮了嗎？我彷彿聽見時鐘答答的走動，在光裡，在影裡。然後，不知不覺天邊悄悄泛起紫紅，大片的藍漸被稀釋，那色溫，一如我體內荷爾蒙濃度檢測值。

到後來，潮汛至，一崩解，即便是課堂正忙碌，我顧不得任何，火速奔往洗手間，但通常是滔滔洪流淹沒了那種十足安全的「夜安加長型」或者「產婦專用型」衛生棉。我小心翼翼拉起底下的黏貼，血漾瞬間飛濺，白色磁磚像兇殺命案現場；馬桶則如地獄裡的血池，沉落其中的大小血塊，猶如被懲罰的可憐鬼。我其實早已習慣那種狼狽，只是，事後一個人躲在廁所裡偷偷清洗擦拭牆壁時，內心突然就湧起幾許不堪。莫非是身體對年華即將老去的抗拒與反撲？

照了超音波，原來子宮內膜增生，外加一顆肌腺瘤作祟。內膜增生屬高風險癌化，所幸病理報告正常，吃黃體素抑制，定期追蹤即可，然藥物關係，我必須接受發胖的事實。只是，每個月血崩繼續，我臉色蒼白，頭暈，抽血檢查，血紅素過低，不得不定期施打鐵劑，彼時思及，坐四望五的年紀了，切除子宮這禍端吧。

醫生要我耐心等待更年期到來，屆時，卵巢萎縮，所有問題都解決了。而我終究無法等待時間的救贖，經手術揪出那躲在子宮深處的肌腺瘤。此後，我安然過了段時日，直到最後一抹紅褪了色。

濡貼的日子早已像童年時期甘蔗渣上那條衛生帶，放水流去，流到時間的遠方。老婦子宮裡那座時鐘停擺了，也是好的；跑跳、爬山、吃冰，都不需看它臉色。

拔牙

山客迎面而來，連聲問早。三五拄杖老者中，一張臉教我怔住了。在彎道相錯前，我以兩眼餘光迅速打量他一番，然後把視線移向山谷。

這人，年約八十，頭髮稀疏了，髮際線高了，小眼睛躲在幾塊褐斑幾條皺紋的小臉上。脖子縮了，體型如四十幾年前清瘦，一身白色運動服，穿著乾淨整潔，面目卻如老鼠般猥瑣。我想，他再老十歲、二十歲，我依然一眼就認得出。然而，與我錯身而過之前，目光短暫對焦，他的神情毫無異樣，看來，這老人是不記得我了。

他曾在小鎮開一家「牙科診所」，沒有診所名稱。他是密醫，而當時密醫行醫是公開的祕密。

我第一次去那家診所時，約莫十五歲。當時我的大臼齒痛很久了，而母親忙工作，於是自己前往就醫。看診時，他說都蛀光了，乾脆拔掉。於是約隔天早上拔牙，並強調拔牙要在早上，血流才容易止。

翌日早上，我到診所，樓下診間沒有任何人，他卻要我上樓。樓上空蕩蕩，四面沒油漆的灰牆，唯一支電風扇，一張工作椅，一座像是汰舊的治療椅。

躺上治療椅，隨即生起一股任人宰割的恐慌。我勉力張嘴，他在待拔的大臼齒牙齦處施打麻醉針，瞬間疼痛後，齒槽發脹，嘴唇發麻，臉頰漸漸失去知覺。他以鑿子敲擊，確定麻醉奏效，便開始拔牙。

先是推撬，然後鑿挖，又是力搖，估計半小時了，四十分了，我猜測，牙根至多鬆動而已。隱約感覺到我的大臼齒讓他感到棘手。許久，他的手似乎在發抖，額頭也冒出汗珠，其實天氣不熱，況且電風扇開著。鉗子鑿子持續在我口腔裡用力撬搖。嘴角掛著吸除血水的「大象鼻子」，嗤嗤嗤叫個不停，不知吃進多少血水？我好怕血流乾，死在治療椅上。他的手還在顫抖，汗也持續。突然，我在他的眼神中，意識到自己的白色襯衫是否領口過低，裙子是否太短，但，都沒有，我穿著規矩保守。

我閃過他的眼神，專注在燈罩下的橘色光暈，幾樁舊事瞬間竄出腦袋。

一日下午，與同學相約公路局總站，準備上山打工。我踅過公廁外牆，一男子上前，停住，他目光呆滯迷茫，突然掏出生殖器，我驚嚇之餘，轉身往人群跑去。另一次，一醉漢牽著腳踏車，人車踉蹌歪斜，也是停住，也是同樣的目光。

不知過了多久，我仍在不快的回憶中，忽然感覺嘴裡的鉗子有了旋扭感。然後，一顆浸血的爛牙晃在眼前。我鬆了一口氣，漱口後咬住紗布，下治療椅。這時，他已轉頭拿藥，卻又突然回頭看我，遲疑了一會兒，問，你乳頭多大。我心臟幾乎要跌出地面，全力壓低驚慌，回問，你問這做什麼。他說，要配藥，這藥必須根據乳頭大小來配。我回，跟配藥有什麼關係。他沒回答，尷尬地覷我一眼，給藥時，仍是那眼神。我付費，快步下樓。

樓下診間另一端廚房地面散落一堆玩具，一個女人正在瓦斯爐前煮食。我沒往廚房走去，也毫無意念說出前一分鐘發生什麼事。

一路上，我像失去重量，漂移到家，毫不猶豫把藥丟進垃圾桶。傍晚，我告訴母親這事，她驚詫，說，這人怎那麼「不死鬼」。母親性格柔弱，她說完話，一如平常，靜默準備晚餐。

四十幾年後，我告訴母親，爬山遇上那人，母親顯然早已忘了當年事，我重述一遍。母親一樣是驚詫的表情，說同樣的話：這人怎那麼「不死鬼」。然後一如當年，靜默。

送書

認識曲校長的人，無不知曉他愛讀書，說話有書味，但鮮少人知道，他若尋到喜歡的一本書，總要買上三本，其一留著自己讀，另二送人。而我，多次是受惠者之一。《窗邊的小荳荳》是三十年前我到柯林國小代課時，校長送我的第一本書，我讀過之後，也推薦給學生讀，一屆又一屆地翻閱，封面封底顯髒，內頁霉斑點點，書背嚴重翻裂，但書裡的字字句句同樣有精神。

柯林國小代課兩年，我又分發到其他學校，到師院進修，幾年後，校長屆齡退休，我也成為正式教師。

有一天，校長突然出現在我教室門口。他手捧幾本書來找我，說，這本《林語堂傳》不錯，書本不小心泡了水，你拿去看，不必還；這本是冰心寫的《寄小讀者》，很不錯；

這兩本是鍾梅音的《海天遊蹤》，是很完美的遊記書寫，都送給你。說完後和我道別，我送他到樓梯口，他挨著樓梯扶手，逐階緩緩而下。然後，俯瞰發胖的身子，一頭白髮一身灰色夾克，慢慢走進冷雨中。

此後校長常把書寄放學校附近的一家老文具店，打電話要我有空去拿。我也愛讀書，但閱讀慢，校長送的書有些翻幾頁就又放回書櫃，有些是忙看其他書，還在等著看。我坦白告訴校長，也請他別再破費了。但校長說，沒關係，慢慢看，就算擺著心裡也充實。

我退休前，校長已搬到台北，和兒媳同住好幾年了。原本他還可以拄拐杖獨自來回台北羅東，但這三四年來視力退化許多，都是兒子開車陪著回來，仍趁便送我書。

這幾年我收到的舊書中，署名「厲玉嚴」的藏書最多，有《姜自貴選集》、《葉公超散文集》、《左宗棠》、《廢人廢話》……。還有些書內頁沒簽名，但那工整的眉批、同色系紅筆、文句右邊畫小曲線，一句一線的閱讀習慣，肯定也是原屬於厲先生的書。

我好奇，問了校長。原來厲先生是校長的好友，因視力不佳，閱讀困難，陸陸續續把書送給校長，後來眼盲，已逝。校長說起厲先生時，我心裡想的卻是，校長閱讀要靠放大鏡了，所以也把他和厲先生的書一本一本轉送給我。

後來，校長罹患黃斑部病變，雖開刀治療，閱讀仍極為吃力。他年輕時服務過的大隱國小七十週年校慶，學校編了專輯，主任請他寫些話。他找了幾張紙，憑感覺寫字，字體線條顫巍巍，有些筆畫支離有些重疊，學校老師看不懂，只好打電話問他。去年我送自己的散文集給他，他拿著放大鏡勉強閱讀，讀上幾段便作罷。

年初，我上台北探望校長，讀小二的孫女邀他下棋，過程中，他多次笑問移動的這顆棋是什麼，那顆棋又是什麼，最後孫女嚷嚷，棋局不了了之。校長感慨地說，他在我這年紀時，眼睛好得很，現在，醫生囑咐他，用眼要像用錢，省著點。我則嘆起這些年老犯乾眼症，視茫茫，老花眼鏡已配了三次。

我已預見自己今後眼力會更退化，也許有一天，該好好來整理書房，把書陸續轉送愛書人。

打掃書房

我真的很害怕打掃書房，一旦打掃，必須整理藏書，於是大風吹似地分門別類，詩、小說、散文分櫃，不再讀、會再讀、待讀的分層，同一作者放一起，日本文學放一起……，搬上搬下。但，這些也都不難，難的是已經沉睡許久的書報雜誌物件，哪些該捨棄，哪些要保留。

幾年前，為了騰出些櫃子空間，決定搬出早期批改的學生作文簿和日記簿。我拉開塑膠繩，四大疊本子一本本翻閱，孩童的面孔一張張浮現，他們的日常生活記錄和純稚心思教人會心一笑。當初盤算幫他們保管，將來有機會再還給他們。怎知，他們畢業後我也調校，從此未再聯絡。屈指一數，學生可能都結婚生子了，這幾疊簿子讓我猶豫，但終於狠心送給附近做資源回收的阿婆。萬萬沒想到此後三四年，幾名學生在臉書尋人，發起同學會。我懊惱極了，同學會當天，什麼也沒說。

三年前退休，從學校搬回兩箱教學檔案，塞進書櫃，很多書本只好退位堆疊橫躺在其他站立的書本上。前年整理書房，心想，教學檔案將來用不著了，送人也沒人要，就翻面列印再利用吧。搬出第一本檔案夾，抽出幾份資料，突然想起退休前曾經跟一同事開玩笑，說將來我們死了，不用掛高官送的輓聯，檔案夾的資料全抽出來掛更體面。都是心血啊，於是塞回資料，搬下所有檔案夾，另外放進兩個大紙箱，放在倉庫。

電腦椅背後置物櫃上，旅遊帶回家的貝殼沙、沙漠沙、紀念品，我鍾愛的倒地鈴種子和相思豆，出遊撿回的豆莢枯枝和漂流木、小時候表姊送我的洋娃娃……，這些有點像垃圾，但有情有愛有故事，它們一一蒙上時間的粉塵，或長或短，看起來即便骯髒，我依舊寶愛著。還有一角落，置放幾個文學獎獎牌，連頒獎當天戴的識別證，裝獎牌的木盒子也還在，一生就這麼寥寥幾次，應該保留。

五個置物櫃，六個抽屜分別塞了相簿、我求學時期的日記、兩個孩子送的母親節卡片、學生送的卡片、朋友親手捏的陶罐陶杯……，這些物品身上都有著一段很特別的時光，也大約拼裝了我不同時期的生命樣貌。早先已整理歸類置妥，然而，整理書房時，不禁又打開櫃子，翻閱相簿、讀自己的日記、看卡片，撫觸，回憶，一回神，地上又是一堆待收拾的散亂。

還有一櫃，角落有一日治時期的痱子粉盒，裡面裝有幾枚一角錢幣和祖母蒐集的鈕扣。小時候，我的衣服鈕扣不見了，她就從這裡找合適的來縫。一旁有個香皂盒，裝的是祖母的珠花髮簪、銅片頭飾、她刺繡的大小錢包等等，這些都是我熟悉的物件，其中珠花髮簪記憶最遙遠，卻無比深刻。年幼時，祖母背我，我最愛把她髮髻上的珠花抽出又插上，再抽出再插上，來來回回，直到被制止。另一大信封袋裡有祖父的薪水單、橢圓印章、農會本票、昭和時期履歷書、戶籍謄本等等等等。還有一個手提袋裝的是我背弟弟妹妹們的背巾……，這些原本都不屬於書房，某一次強颱，老家屋頂被吹翻，重新整修時，我就暫時移到我書房，打算日後再搬回去。然後，一年又一年過去了，母親答應背巾送我，那些附著祖父母靈魂的老物也已習慣了孫女的書房。

年輕時，總以為前面的路很長，為了留住記憶，也想證明些什麼，不斷收藏、囤積。步入初老，整理擦拭翻動煙塵般的過往中，覺得早該認真思考什麼該存留、哪些要丟棄，免得給晚輩徒增困擾。然而，「斷捨離」卻是我難以治癒的複雜宿疾。於是，大肆整理後，幾個鑰匙圈和七八枝不能寫的筆丟垃圾桶，五六疊過時舊書和老雜誌，送給資源回收阿婆，其餘大小物，再度歸位。我問先生，設若我先死，書房的書籍物品會怎麼處理？人家答得輕鬆：你死了，孩子需要的留下，不需要的丟上垃圾車，反正丟了你也不知道。

我們去海邊吧

國三那年，困在書堆前，面對日日無止境的考試，常希望天搖地動，屋牆傾圮，或戰爭發生，全民逃難。某日晚，七、八名同學來找：「我們去海邊吧。」我稍稍猶豫後，丟下功課和他們一起騎腳踏車往五結清水海邊行去。

穿過樹林，爬上土堤，皎皎空中孤月一輪，灩灩水波一汪孤月，初次夜遊海邊，內心一陣悸動，木然，後來才把鞋脫了，往銀白的沙灘奔去。

原先出門，功課未竟的隱隱不安，全拋諸大海。世界只剩潮聲和笑聲了。

彼時內心波濤洶湧，是願大考小考模擬考不再，月無恨月常圓，時空就此凝凍。回家，多次心所感戚戚焉，卻無從措辭，只能描述眼見耳聞，而一描述完，我就長大了。

忽焉，初老已至。

同學會，玉玲談起四十幾年前那一夜，她說她也一起去了，可是和我一樣，跟誰去不記得了，但無法忘記那晚的月光，她邊說邊伸直兩隻手，往外畫了一個大大的圓，說她記憶中的月亮如此之大。

是的，那晚的月亮真的很大很大。

年少時感動的片段，深深銘刻心底，隨著時間，漸漸被繁忙的生活推擠到記憶的夾縫凹陷處，碎裂了，消失了，臨老，孤寂沉靜的時刻才又悄悄湧現。

清水海邊，荒僻，白天的沙灘幾乎杳無人煙，當年憨膽夜遊，老來白天踏浪都膽小。有一天，我對家人說，今晚農曆十六月最圓，我們去南方澳內埤海邊吧。

走在河堤上，閒聊不外柴米油鹽和孩子，或Line上傳來傳去的浮泛人生雜感。想過去，想現在。心裡懸念著目標與理想，挫敗和感傷。想著想著，又想，我，只是岸上一粒細沙，沙裡的額葉的某一端又不時攪動著一盤亂沙，想來也好笑。於是，我把思緒拋給大海，一如年少時，騎上腳踏車，來到海邊後，管他明天考幾科。

遠處，沙灘上五、六釣客，海上點點螢光浮標。一旁，附近住戶的老人坐在石椅上吹海風，談年金改革，談誰家兒孫即將嫁娶，談樂透。籃球場上，幾名學生廝殺較勁，青春澎湃。

再往前走，少不了遊客、情侶，漫步、坐臥。灌木叢旁移工最愛聚集，許是下工後生活枯淡，或講電話，或喝酒，或只是靜靜望向遠方。海，聽得懂各種思緒。

陪產記

兒子外出買便當，媳婦緊抓著我的手，指甲深掐進我肉裡，發出近乎自絕的慘叫聲：好痛好痛啊！我把另一手疊在她手上，提醒現在不能使力，胎兒會被擠到子宮頸，也提醒記得深呼吸，再用力把氣吐掉。她說很難很難，她做不到。但，她說話的同時，手已經鬆開了，說完話也立刻深呼吸。

護理師進來檢查子宮收縮偵測儀，內診產道。我走出待產室，在診間來回踱步。十幾間待產室，除了媳婦，隔壁還有一「盟友」間歇地哭嚎、哀吼。那穿牆而出的淒厲聲，是共同的慰藉。還好，媳婦有伴。

我吃著爌肉便當，也試著勸媳婦吃，好補充體力。她搖頭，臉部扭曲了，眼神似在求饒，我放下筷子，便當也彷彿飄出了罪惡感。我問，開電視分散注意力好嗎？她說怕吵。她的手包住我的手，指甲又掐進我肉裡。不要使力，深呼吸深呼吸，用力吐掉。她神情轉焦躁，隨即改把兩手放在頭頂上，手指交握，或許她認為這樣就不會抓我的手，就沒有機會使力。然而，疼痛再度洶湧撲上時，她的每根彎曲的指關節彷彿都充滿憤怒，並且失去理智般互扯。一旁的兒子不斷靠近她臉頰，時而幫忙拭汗撫摸額頭，時而壓低嗓門：忍耐點，忍耐點。我則繼續提醒深呼吸深呼吸，不能使力。

醫生查房，說疼痛很正常，每一次的痛都是進步的象徵。話語輕鬆又勵志，產婦卻要獨自承擔那種「正常」的無界無極，彷彿要你死，又讓你死不了的巨痛。

看著媳婦受煎熬，我無限憐惜，卻無法分擔分毫。如果有一條線，連接著她和我的肚皮，按鈕切換，她的痛可以慢慢傳過來，直到雙方平衡。我願意。想著想著，我眼眶開始蓄水，趁水滿前，快開口表達內心的話吧：靖芳，我知道你很痛很痛，如果可以，我真希望把你的痛分一半過來。不知是否把話講清楚了，也沒注意媳婦做何反應，但見棉被上多出幾枚小水漬。

我在淚眼模糊中想起一些事。

那天早上，我在洗衣服，兒子突然抱住我，激動地說，恭喜你要當阿嬤了。我轉身，相互擁抱，興奮互道恭喜，感謝上帝送給我們一個奇妙的禮物，我也開始每天為媳婦禱告，祝福她懷孕、生產平安順利，寶寶健健康康長大。期間，親友陸續送來各式舊衣裳，有的微微褪色，有的留下淺淺漬黃，媳婦一件件搓洗晾曬，一件件摺疊收納，每件衣物都有老歲人說的「好養好帶」的祝福，也都以陽光烘焙的香氣重新迎接新主人。

接近預產期時，有一天，我問媳婦會不會緊張，她說不會啊，然後提起她回娘家時，某次閒聊，問她媽媽生孩子的痛是怎樣的痛。「那麼久了，哪還記得。」親家母生了五個小孩，其中一個是前置胎盤，緊急剖腹，算是資深產婦，也許面對女兒的問話故意迴避。我明白，那是媽媽的愛。

某日我請兒子和媳婦到冬山河畔一家簡餐店吃午餐。他們點了披薩。待餐時，媳婦摸著隆起的肚子說，妹妹，今天阿嬤請我們吃披薩喔。那天有美好的陽光，風從河邊吹來，我們餐後在林間散步，說起每一棵樹的名字。妹妹啊，過不久，我們再一起去吃披薩，還是坐在離樟樹最近的那張桌子。

媳婦產前說過，不打無痛分娩針，堅持自然產，好讓寶寶免疫系統發展較好，腸道也會較健康，我們都支持。如今兒子不忍媳婦痛苦奮戰，率先棄械投降，提議打針。媳婦也毫不考慮同意了。

護理師仔細說明：你已經很痛了，打針時，身體要像蝦子一樣弓起來會更痛，針打在脊髓，也會很痛。打針因人而異，你已開四指了，不一定發揮效用。先抽血，再等化驗，你們好好討論。

檢驗報告約莫二小時出來，護理站通知可以打針。

兒子不知所措，媳婦神情無助。我重述護理師說過的話，並強調現在已開六指了，可能效果更有限。我們快要撐過去了，但決定仍由你。媳婦點頭。尖叫。咆哮。聲音轉微弱：媽，你不要離開。媽，我很害怕。媽，你幫我禱告。

我開口禱告，思緒卻混亂，不但怪起夏娃一人犯錯，使得女人生生世世背負生產之痛，也突然想起《駱駝祥子》裡的虎妞。她臨盆時喊啞的嗓，低喚著：「媽呦！媽呦！」最後在夜裡帶著個死孩子，斷了氣。即使現代醫學進步，難產依然有所聞。然後，我又想起虎妞的歲數，媳婦的歲數。此刻，我害怕，也生氣自己胡想。

親家母和媳婦的弟弟，媳婦的同學都來了。他們帶了媳婦愛吃的羅宋麵包，說要補充體力。媳婦無心無力回答。她的世界筋肉在撕裂，骨盆在拆解，痛得只剩下痛。

護理師進來內診。可以進產房了。我握起她的手，說你很勇敢很棒，撐這麼久了，妹妹就要和我們見面了，要加油。我又把臉貼近媳婦的肚皮：妹妹乖，你都知道，媽媽很辛苦，等下進產房要和媽媽全力配合。

我們一起離開待產室房間，護理師給兒子一套隔離衣，陪產時換穿。我提醒他先關閃光燈，免得拍照時傷了妹妹的眼睛。說完轉頭與櫃台上一瓶清潔用的酒精對望，再提醒等下進去陪產記得把手消毒乾淨。護理師笑說，又不是他要接生。

產房沒有傳出任何聲響，媳婦怎麼啦？護理師進進出出，說是正在做準備。醫生慢悠悠出現了，他步履輕鬆，走進產房。五分，十分，二十分，依然安靜。過了很久很久，護理師探頭向兒子招手，示意進產房。我和親家母站在離產房距離最近的櫃台。她談起媳婦的爸爸又出去海釣，談釣了什麼魚，談魚愈來愈少了……。話未完，遠從面積小小的那片海洋而來，地球上最動人的樂音總算飄進耳膜。我轉頭和親家母相互擁抱，淚如潰堤，久久不能自已。

不久，媳婦從產房被推出，她的臉部線條真美啊，一隻小動物側臉趴在她胸前，小手輕輕蠕動著。我說，辛苦你了，一整天沒吃沒喝，想吃什麼我去買。她說還不餓，先讓妹妹趴著保溫。一會兒，護理師帶著一塊方巾來，說要抱妹妹去洗澡。她把方巾蓋在妹妹身上，抓起一隻大老鼠般，在我啊啊擔驚中，轉身離去。

乳母

媳婦出月子中心那天，月子婆S說，回家後可能會因照顧嬰兒疲憊、睡眠不足、壓力大等各種因素而減少泌乳量，但不用擔心，只要三餐營養均衡，一段時間後就會恢復正常。離開時，S特別包了紅包，祝福新生兒平安健康長大，又從冷凍庫取出十包凍奶給媳婦備用，說是她女兒A的。

第一次到月子中心時，A抱著約二個月大的男嬰，向我招呼喊阿姨，我點頭微笑，卻想不出她是誰。許是神情疑惑，她說她是A，是兒子童年時期的玩伴，我一時驚詫。眼前這母親，年輕美麗，豐腴白皙，怎會是當年那個八百五十克的早產兒？怎會是那個身子瘦小，頻繁進出醫院的「小不點」？又怎會是凍奶庫存量多，並且大方送我們家寶寶的少婦？

這不由得讓我想起S的母親。聽我母親說，我剛出生時，家境貧困，三餐少魚肉，她產後不久就奶水不足，以致我經常啼哭，正巧，S的母親值授乳期，奶量充沛，母親就抱我去吸她的奶，有時是她來家裡抱我去哺餵。S的母親可說是我的乳母。

乳母家開鐵工廠，我上小學前，他們搬到羅東，鐵工廠規模擴大。但在S十七歲那年，她父親生意失敗，債務纏身，鐵工廠收了，房子賣了，又搬回老家住。乳母常來找母親話家常，我也因此與她熟稔親暱。母親多次談起我嬰孩時期吃她的奶，我就接著說自己是吃她的奶長大的，長得這麼健康，而乳母聽了總是笑，笑出一排暴口金牙，然後說，就奶水多啊，沒什麼。

而我，雖不認為「沒什麼」，但也只是湧出幸福感。那十包備用凍奶卻讓我突然想起已逝的乳母，也想像起昔時的我，躺在她懷裡，享受溫熱甘甜的乳汁……

媳婦坐月子期間，S幫她按摩乳腺，教導擠奶技巧。兒子晚上去陪媳婦，S也常下麵給他吃，幾乎把他們當自家兒媳照顧。我心想，日後為了調理媳婦的身體，不免也得接續當月子婆，於是請教S，哪些食材、中藥適合哺乳期食用。如今，媳婦的泌乳量一直都合乎標準，但乳汁沒有在月子中心時豐沛。並且，預備的凍奶也即將告罄。

冬日午後斜照進來的陽光溢滿客廳，我抱著孫女，餵她喝另一個母親的奶。她抓著我衣服一角，定定地看著我，然後，眼睛瞇了，小手鬆了，我看著她吸吮甚勤，又看著那鼓鼓的臉頰及雙下巴，心想，這些慢慢的茁壯裡，有兩個母親一點一滴的愛。A彷彿是小孫女的乳母。

兒子想問S是否還有庫存的凍奶，卻又不好啟齒，幾度躊躇，終究去月子中心找S。他詢問能否購買。S笑著告訴他說，月子中心不賣母奶，然後，又從冰箱取出一大袋給他。

兒子離去前，看了看袋子裡的凍奶數量。S說，不夠再說。

潑婦

多年前告別隨身包咖啡後，最先是使用虹吸壺煮咖啡，因玻璃身嬌貴，不到二年，下座球體被我玩裂了三顆，於是改用摩卡壺，直到壺蓋鬆脫，我還捨不得汰換，將就找了一小段鐵絲穿過壺軸，又繼續使用。早聽說手沖咖啡有其樂趣，加上壺軸鐵絲實在礙眼，沒多久，我就買了隻銅製復古宮廷壺和濾杯濾紙。

曾經讀過一首童詩〈茶壺〉，作者把茶壺比喻成鄰居的王媽媽，一手扠腰，一手指著「我」，像在罵「我」。而眼前這壺色澤古樸，壺身有凹凸條紋，壺嘴特別長，彷彿身著圓裙的貴婦，尖嗓一開，她手裡捏著的罪狀數不完似的。顯然，我的宮廷壺比茶壺還兇，簡直是潑婦。潑婦，這詞詼諧有趣，彷彿一帖烈藥，若潑得巧，輕輕劑量或許就能改善我的懦怯性格。

我找了一隻白瓷咖啡杯和「潑婦」搭用，也從網路上得知豆子研磨的粗細，適當的粉水比例等等。在注水時，也依樣以螺旋狀往外畫圈，悶煮後，斷水，然後再注水，有時順時針，有時畫e字型，在水快流光時再注水。這樣，一切都變得緩慢了，濾紙上的咖啡渣成了一座沙灘，潮來，水滲，起了些微泡沫，潮退，潮又來。生活悠哉悠哉。

然而，不消幾天，注水畫圈，等待滴流，過程的不耐逐漸浮現，我甚至拿湯匙去擠壓濾紙，好快快濾出汁液。生活終究是焦躁的，情難閒適，濾渣就是濾渣，什麼沙灘，什麼潮聲，都不是，倒像是生活中的怨念或煩悶塞在喉嚨。儘管最後咖啡味道香濃，苦中回甘，但那汁液顏色又老讓我想起少女時期，母親為我燉的四物湯；配上月白無飾的杯及盤，聯想再度展翅，畫面變成昔日電視上的中將湯廣告。

因為「潑婦」，我慣用的頂級黃金曼特寧，變成了調月經的藥湯，風情大傷。還是取出被擱置在廚櫃裡的摩卡壺吧。

摩卡壺耐操，煮咖啡也不容你發想任何，簡直是家庭主婦高效率家事模式。我磨好豆子，壺杯裝水，濾網倒入咖啡粉，瓦斯爐直火加熱，另一爐溫牛奶，轉身開冰箱取兩片吐司丟進烤箱，旋扭轉三分之一圈。然後，趕快收拾前一晚烘乾的鍋盤，再去清理貓大便，給貓添貓沙，水盆換水。事成起身，瓦斯爐正好傳來啵啵輕響，我上前關火悶蒸，牛奶熱了，烤箱噹一聲，咖啡也萃取得差不多了。我用一杯拿鐵，兩片熱吐司迎接屋外的亮白。

「潑婦」仍有用武之地，就擺在瓦斯爐旁，方便炒菜時從鍋緣加水，室內小盆栽澆水也很好用。我把這麼好的附加功能分享給喝手沖咖啡的朋友，他們只回我一個笑出眼淚的圓臉貼圖。

直到媳婦生產，從月子中心回來，才又發現「潑婦」實在太潑了。

某天，小嬰兒的腸子怠惰，翌日，千呼萬喚屎出來，好大一坨，土石流般，濕紙巾恐要擦上半包。媳婦問，才剛洗過澡，重洗嗎？我說等等，馬上來。我把壺裝上溫開水，請媳婦抱嬰兒到洗衣間。她抓著嬰兒，我一手以壺注水，一手拿紗布巾清洗屁股，那細長的壺嘴，水流量和流速都恰恰好，彷彿一隻溫柔的手，很快就還小屁股一個白嫩嫩的面目。

我的潑婦，到底是剛烈不起來。

九重葛

我懷上第一胎時，流產。過了一年多，第二枚胚胎在輸卵管迷路，就地著床，撐破管子，造成腹腔大出血。手術後，醫生說另一條輸卵管太細，日後無法再受孕。

那是三十幾年前，試管嬰兒成功率極低的年代，我這半宿命者怕強求來的孩子留不住，門診幾次後就放棄了。

後來，我開始造訪育幼院，或探問誰家小孩生太多願出養，我相信，這世間的某個角落，必定有個孩子也正在等著我。

冬日，陽光燦爛，先生和我，推門進入病房。她，背對著我們躺在病床上，肩膀斷斷續續抽搐。我請她放心，會好好照顧孩子。她的家人在旁頻頻相勸：「你以後要嫁人，孩子給人家照顧好了。」「人家是老師，一定可以把孩子教得很好……」

病房彷彿上映著一齣連續劇，而我，一時忘了台詞，不知該說些什麼。

終於，我們去嬰兒室。寶寶二・二公斤，體重不足，全身黑嚕嚕，皺巴巴，趴睡保溫箱，蠕動，掙扎，像要撐起全身，一股強大的生命力正在努力湧現。我決定要給他一個家。

年長的親戚說嬰兒有一對反骨耳，以後勞碌命，要常常幫他翻揉，還特別強調，滿月內都可以翻正。我說好，但內心不置可否，基因的結構豈是兩根手指就能輕易改變，勞碌又何妨，只怕懶惰。

我心中滿溢著當媽媽的歡喜，走逛嬰兒用品店，買奶瓶、尿布、指甲剪、嬰兒服等等，也多方詢問哪種品牌的奶粉對不足磅的嬰兒最好。天空如此蔚藍，真希望此刻就抱著嬰兒走在暖陽下。

小人兒喝奶，吃副食品，翻身，坐起，爬行，站立，走路，一步一步往他的世界走去。

愛玩水，有點皮，有時很乖，有時愛耍賴……，嬉鬧中，忽焉就上小學了。報到日一早就到校，老貨人說的，這樣日後讀書更順利。

但是，老師在兒子的聯絡簿上寫的幾乎都是「上課玩鉛筆玩擦子」、「上課不專心」、「上課坐不住」等等。我勸說，製作獎勵表，也換掉易分心的花俏文具，他上課依然難以專心，學習也愈來愈挫敗。中高年級時，成績幾乎已是倒數，種種跡象都顯出可能是注意力不集中過動症，但當時的教育環境，知識和資訊都不足，我不懂得去尋求醫生評估吃藥治療，而是讓兒子玩滑板，加強感覺統合，也聽從一名基督徒同事的建議：成績不好沒關係，讓兒子去教會，參加青少年團契，認識神，讓神的話語成為他人生路上的光。

深深感知兒子學習沮喪，我更加倍關愛照顧成績低落的學生，也能同理家長的心情。在學校，我安慰家長，孩子不可能故意學不會，無須焦慮，慢慢來，給他時間。下班回家，我陪兒子寫作業，幫兒子複習功課，一次又一次的「沒關係，重來」「沒關係，我再講一次」，漸漸地，我也成了心情鬱悶焦躁的家長。到後來，耐心和挫敗互絞成一條繩子，把自己綑綁在失控的情緒裡。而他，抵不住我的怒目，總是低頭，一個字也不回。那種沉默像一顆巨石，重重地壓著我，教人難以招架。我寧願他執拗，頂嘴，與我目光對峙，像鄰家的孩子，怒聲表達自己的心思，好攪動凝滯的氣流。

先生常安慰我，說「三分天注定，七分靠打拚」是騙人的，「七分天注定，三分靠打拚」還差不多。順其自然發展，孩子不要學壞就好。但，有時也說：「如果自己能生一個，像你像我都好。」這一番話常像千百隻蒼蠅在腦海裡嗡嗡作響，久久揮之不去。

常有人納悶：兒子不像你，也不像你先生？我說，像他阿嬤。也曾經有個同事因兒子的成績開玩笑，怎麼都不像你？我也玩笑回以，像他爸爸。知情者，則支吾委婉善意，你，當初，沒探聽他家的背景嗎？你，知道他父母的學歷嗎？「我想要一個孩子，孩子需要一個媽媽，我愛他，從未想過其他。」

有一次放學，兒子給我看一張小團體輔導調查表，這讓我想起每次和老師談起兒子在校情況，都像聆聽一次次的審判：「常為一些小事就和人家起衝突。」「最近和同學相處都還不錯，就是上課不專心。」「他很熱心，喜歡幫助人家，可是太敏感了啦，很像刺蝟」「……」這是一條漫長的路，豈是幾次團輔就能收效。我在同意欄下的方框打勾，也告訴自己得和兒子一起努力。

回家的路上，我們順道彎去文具店，秋日殘陽把兩條影子拉得好長。我微微落後在兒子後方，看著他的背影，不自覺想起嬰兒時期，我在筆記本上的一段記錄：「早上幫兒子換尿布時，正巧大便慢慢擠出，那速度、顏色、形狀像是過年玩的黑龍炮，我細細欣賞一件藝術品般，心想，如果大便像臍帶、乳牙，可以永久留存，我定把它裱褙起來。」

突然淡淡地悵惘起來，思索著兒子的課業和逐漸浮現的人格發展等問題，隨即又想起他的日常點滴：他是個好孩子啊，雖然房間髒亂疏懶整理，但貼心，常幫我洗碗拖地；婆婆中風復健，暑假期間，都是他陪我去醫院，幫忙搬輪椅、推輪椅；父親節母親節，他不忘偷偷在桌上或房間放張手作卡片祝福。還有一晚，我洗澡洗久了，他來敲門，原來是擔心我昏倒了……。凡此種種，我怎忘了要「裱褙」。

突然想上前牽兒子的手，竟有點困難，於是，搭他的肩膀，這才發現，他又長高了。過去，我曾自詡是一棵樹，給兒子遮蔭，任他攀爬，但，初心易得，始終難守。隨著兒子漸漸長大，我陪他學習，也曾洩氣，暗自埋怨起上帝的基因密碼，是世間最不公平的程式設計。有時，也揣想，如果兒子留在生母身邊，說不定比較快樂……

心情在雲裡在霧間，一年半載，總會進入幾乎一樣的混沌夢境中：我挺著肚子一個人到醫院，換上住院袍，爬上產檯。沒有分娩前的破水、落紅、疼痛，我配合醫生口令，吸氣吐氣用力，只等著布簾另一端傳出嬰兒的啼聲。但是，孩子還沒擠出產道，產檯就變成一張床了……

猶如廢墟的子宮，連體驗生育的夢都無法達成。有一次，我不禁數算起失去的那兩枚胚胎如果順利出生，各是幾歲。但，我隨即對自己的殘念生出微微的罪惡感，彷彿動念遺棄兒子般。

我明白兒子只是書讀不好，他善良又貼心。然而，他身上散發的那道美好的光卻仍擋不住我內心生出的幾抹暗黑：我是學校老師，怎能放任孩子成績一團糟；我是學校老師，同事、家長會怎麼評斷我這個媽媽？

我明白自己已經無法駕馭情緒了，於是在兒子升上六年級時，幫他找了家教陪讀，儘管成績毫無起色，但我心態已慢慢調整，坦然接受他的學習成就，不再在乎他人眼光與背後耳語。然而，兒子升上國中後，他的生命序列已漸漸歪斜脫軌，那張臉像藏了很多心事，放學回家，招呼後，低頭進房間，喊吃飯才出房門。話愈來愈少，有時一天說不上三句。明明性格鬱悶脆弱，在校卻假裝強大，和好朋友一起去嗆人，打人，說是保護班上一名聽障同學。

我為此爬不出憂鬱的泥淖，那位基督徒同事常為我禱告，說神自有祂的作為，要我把重擔卸給神，然後，帶我進教會。一段時間後，我受洗。當天牧師和兒子站在兩旁，牧師將我後仰浸入水池後，一旁穿著白袍的兒子將我從水中扶起，當下，我淚流滿面，也突然覺得兒子是上帝派來的天使，給了我特殊的生命階段，也藉著他來教導我什麼。

基測，兒子勉強撿了個職校讀。畢業後，有段時間到他大伯店裡打工。有一天進門看到我，滿臉淚水，哽咽問起，他是不是我生的。這問題終於來了，我說起他的身世，上前擁抱他，告訴他，他比別人多一個媽媽，兩個媽媽都很愛他，如果想去找親生媽媽，不難，話未完，兒子隨即回：不用，幹嘛找她。

後來，兒子到鎮上一家快炒店工作，有一天，我偷偷站在對街花店看他。他頭戴廚師帽，身穿圍裙，一會兒低頭洗洗切切，一會兒揮鏟翻炒，俐落的身影充滿自信。離開花店時，想到家裡九重葛養不好，身旁一盆開得燦爛，乾脆重買一盆回家。花店主人說，九重葛不同於其他植物，忌過多水分，不必天天澆水，等土壤乾燥再澆，這樣才會大量開花。

兒子不就是一株九重葛？過去我以為水分對他重要，日日澆灌，卻遲遲開不出花，而眼前那一爐藍色的火焰，正是他生命中一朵漂亮的花。

工作關係，兒子下班通常八九點了，一身汗臭混合著油煙味進門，「爸媽，我回家了」，邊招呼邊往廚房找東西吃。也曾匆匆洗過澡，有時說去針灸，有時說去國術館推拿。回來時，臂膀必是多了兩塊白色痠痛布。漸漸地，他的身體裡像是豢養了一隻小獸，時不時就醒轉咬嚙，咬得我心都疼得忍不住問起，工作時間會不會太長，累嗎，是否考慮換工作，免得長期下來職業病。「不會啦。」「真的嗎？」「真的，不要叫我讀書就好。」

這樣的回答，在兒子成年後聽來格外心疼與內疚。當時，我明知兒子讀書的痛苦煎熬，即便讀分數最低的技職學校，終究要捧起書本，再次陷落三年痛苦的迴圈，卻仍要求他拿張文憑，說是將來找工作機會較多，卻也隱隱在成全自己的自在。

快炒店工作不到一年，兒子拿到廚師執照，到大餐廳擔任主廚，幾年後結婚生子。孫女也有一對反骨耳，親友說著和當年兒子出生時一樣的話，兒子卻告訴媳婦，不要翻揉，這樣才像他，言語神情彷彿完成一件風格獨特的雕塑品般自信。

日前，全家共餐時，談及過去，兒子說我以前很愛他，對他很好，但有時很兇，有一次拍桌子，鉛筆還畫傷他的手，說完，隨即伸出手背，指著那道細疤。我趕緊向他道歉。他笑笑說沒什麼。接著又說起：「不知為什麼，以前上課時，老師說的每一句話都聽懂，鬥成一段話就只有聽到聲音，看老師的嘴巴一張一合，不知道在講什麼，很快就睡著了。還有，你買給我的那幾櫃故事書，讀不下，看不到五本，以後都留給女兒看。」

最後，談起生母，他說，有時候仍會想知道她是誰。我說，找她不難，只要有心，一定可以找到。他答：算了，她應該有她的家庭生活，突然擾亂人家，可能造成人家的困擾。

換尿布

婆婆中風後，第五任外勞工作才兩天，我下班一進門，她就哭著說，阿嬤太重了，她不會照顧。但我揣測，她真正害怕的可能是處理婆婆的大小便事。一時找不到外勞幫忙，我們幾經考量，決定把婆婆送到安養院，假日探望，年節時，再接回家。

婆婆回家時，白天照護算輕鬆，就寢前，幫婆婆換好尿布，設定四小時後鬧鈴響，起床再換一次尿布。有一次鬧鈴響了，我賴床，想再多睡十分鐘，結果一覺天亮，婆婆的衣服褲子都濕了，床單棉被也濕了，我顧不得大年初一不可以洗曬衣物的禁忌，拆拆洗洗，晾了一竿。

通常都在清晨處理婆婆的大便事。我戴上口罩、手套，在床邊鋪好報紙、衛生紙、濕紙巾、塑膠袋，然後，打開尿布，雖已經驗多次，但太久沒親自處理，仍忍不住嘔出聲。於是，我心懷歉意對婆婆說，你等等，不要動喔，我上個廁所，馬上來。

站在馬桶前，沒吐出任何食物，卻吐出微微的歉疚感。

細想，自己為人處事雖欠靈巧，但對待婆婆始終順服，處理她的大小便亦未嫌惡，也從中看到生命結束前各樣的腐朽，更望見將來自己也可能步其後塵，奈何中樞神經不理智，舉止欠妥。所幸，婆婆對此總是自自在在，揉眼睛，打呵欠，彷彿沒有察覺我的異樣。

我慢慢擦拭，先用衛生紙，然後是濕紙巾。都處理乾淨了，輕輕拍上痱子粉，包妥尿布，穿上褲子，再把地上的髒尿布捲起來，黏妥，以報紙包摺，最後放進塑膠袋綁緊，丟屋外垃圾桶，再以肥皂洗手。

婆婆過去身體健壯，冬天至多一件棉絨長袖，年輕時當水泥工，腋下各夾一包水泥爬梯，領的是男人的工資。以前我常說她將高壽，將來還可以背曾孫去玩四色牌。怎知才一次中風，從此與尿布為伍十八年。

自從婆婆中風包尿布後，每當逛超市經過成人紙尿褲區，手推車就無端地沉重起來，那一袋袋尿布，都彷若一張張愁容，顯示病痛殘弱，大小便不能自理，瞬間就把一個成人迴轉成一個老嬰兒。老嬰兒和小嬰兒一樣，生活無法自理，都需要倚靠他人來照顧，但肉身散發的生命氣息卻兩極，一個似枯木，一個如青芽。

記得最後一次幫婆婆換尿布時，大便太稀有點棘手，她的尿道口陰道口夾縫處黏附了一些芝麻，我翻開皺摺處，瞇著老花眼一粒一粒擦。此時，想起婆婆曾告訴過我，她臨盆那天，羊水破了，腰很痠，估計時辰未到，趕緊到菜園挖一大盆蚯蚓回來餵鴨子，然後忍痛走回家，蹲在大灶前生柴火燒熱水，備妥刀剪、紅絲線，最後進房間躺下。囝仔落土。婆婆從窗口喊人來幫忙斷臍。

那個「囝仔」是我先生。

婆婆終於走了。入殮前，禮儀師幫她化妝更衣，抽掉尿布，換上新衣新褲。抽掉的尿布乾乾淨淨的，沒有她以前曾說的「放財」。

我極少談起婆婆的大小便事，談了，伴隨而起的心情常常是對生命的無奈。如今孫女大便了，我鼻子探測到的都是花生炒焦的那種氣味。脫下來的尿布，我常說真像一盤咖哩。不包尿布時，褲管滑出硬糞，我說，形狀像一顆蛋黃，像一顆橄欖。小屁股擦洗乾淨後，塗上乳液，再包上尿布，逢下午茶，繼續吃喝蛋糕和咖啡，也忘了是否洗手。

忍痛

清晨，推門。狗籠外都是螞蟻，我提水沖刷，一個踉蹌，人和水桶一起滑落在將近兩個階梯落差的地面。我癱在階梯邊角，天旋地轉中，劇痛襲來。一時無力撐起身子，低頭，這才瞥見右腳脛掀了約一片指甲大的肉，血正慢慢滲出，然後，拖鞋腳板染了大片紅。

勉力起身，抓起水管把腿上的血沖洗乾淨，疼痛在體內彈跳，重沉沉地跳。趕緊進屋子清理傷口，擦優碘，蓋上紗布，但一塊又一塊換掉，最後以棉花球加壓總算止血了。

急診，X光片顯示右側二根肋骨斷了，上下錯位，一根裂了。醫生給了止痛藥和消炎藥，說骨頭會自行癒合，不影響外觀，不必開刀，但至少痛二至三星期，甚或一個月。

他瞥見我的腳，我說小傷，自己處理了。

我沒吃藥，打噴嚏、起床、翻身、伸展、提重、開車排檔都痛。除非把自己靜止成茶几上的擺飾，那痛才緩停。

然而，我畢竟不慣當擺飾。衣服三四天沒洗了，汗臭味早已發酸，還是自己來吧。上衣長褲丟進洗衣機，內衣褲、襪子、手帕手洗。每一次搓揉、刷洗，都牽動著斷裂處神經。那就換左手。輕輕搓洗，滌除了汗漬，纖維裡鹹鹹苦苦的生活滋味卻難以清洗。洗米煮飯洗碗，不成問題，但拿菜刀切瓜果硬物如此困難，搬動砧板，多麼吃力，掀鍋蓋，持鏟翻炒，都會惹怒了哪條神經。

向西藥房老闆買紗布、棉花棒時，順便問起腳傷十幾天，都結痂了，怎仍紅腫發燙。他一看，說上層黑黑的東西是壞死的肉，不是結痂，還說這種傷口原來要縫的，錯過時機，小心蜂窩性組織炎，他要我直接去附近皮膚科診所就診。

醫生拿棉花棒把外層皮推掉，裡肉凹陷。於是塗敷藥膏，給了五天的抗生素。回診，傷口依然。我沮喪，醫生回，也沒更壞啊。復五日，又五日。一顆顆藥和著一次次的鬱悶和猶豫吞進肚子裡。按時換藥，拍照作紀錄，鏡頭下，那一窪肉，亮晃晃的，大小深淺不增不減，是免疫力太差，抑或菌種太強勢？

好友聽聞此事，帶來我從未見過的人工皮。她剪了一小塊，貼在傷處，不到半天時間，傷口圓鼓鼓的，皮下白色液體像爆漿似的凸起，說明書圖示那是組織液，我認為那也是心情發酵出的膿包。幾天後傷口未見收縮，於是上醫院掛慢性傷口特診，醫生說傷口太深，人工皮不宜，改以銀離子敷料治療。

期間，母親問起是怎麼跌的，我謊稱下樓不小心踩空，她數度質疑，最後說，身體是自己的，要好好照顧，她現在也只能用嘴巴照顧我。我像個跌倒爬不起，卻沒有人來扶的小孩，強忍哽咽，終究淚流不止，連原先隱瞞的肋骨斷裂也老老實實說了。

面鏡，此刻鏡中的我彷若年輕時的母親。

我童年時，母親為了增加收入，大清早幫兩家人洗衣服，然後趕到成衣廠燙衣服，曾經幾次打瞌睡，燙了自己。有一天，下了工，在廚房忙，顯出下腹疼痛狀，祖父發現異樣，要父親陪她去醫院，竟是闌尾阻塞破裂穿孔造成腹膜炎。我漸漸懂事後，心疼母親一味隱忍病痛，有時甚至轉為生氣。

我不似母親命運多舛，生活窘迫，卻從她身上複製忍痛能耐，不輕易喊痛，獨自面對病痛的個性。

婚後第二年，有一天半夜，我下腹爆裂般痛醒，衝往廁所猛瀉，瀉後，全身疲軟，痛，雖不那麼張狂，卻持續，我難以入睡，也沒搖醒一旁沉睡的先生。翌日，照常騎機車去十五六公里外的學校上課。平日不察覺路上的小坑洞、小石子，一時全都成了猛插肚子的扁鑽。到了學校，才進辦公室，主任見了我，說我臉色蒼白，是不是生病了，要我請假回去看醫生。我想了想，要撐一天課可能很辛苦，於是請假，慢慢騎機車，騎往醫院去。原來，子宮外孕，輸卵管破了，腹腔大出血，隨即進開刀房。

我不喜並且納悶那樣的自己，但我總是那樣過活。

母親要我乾脆回娘家好好休息，要煮飯給我吃。我回不必擔憂，好多了，已經沒那麼痛了。母親不等我把話說完，急著說：在家千萬不能說肋骨不痛了，不要那麼戇直，裝也要裝一下，徹底把傷養好……。

輯四——火車路腳

霧將散去

母親幼年時因意外，導致一隻眼睛失明，視野只有常人的一半。那半個視野，原本清透明亮，晚年，漸漸「霧霧的」。醫生說是白內障，先點眼藥水控制，等「熟一點」再開刀。

每次回診，母親與醫生隔著裂隙顯微鏡鏡頭對望，旁邊螢幕便浮出一顆泛白局部橘光的球體。那是母親瞳孔裡的水晶體。裂隙燈關了，母親與我等候醫生宣判。這次還是點眼藥水控制就好。我們同時鬆了一口氣，笑著步出診間。

後來，螢幕上的水晶體轉成琥珀般的顏色。醫生表示白內障已經熟了、硬了，建議摘除，換上人工水晶體。母親聽了神情凝重，醫生趕緊說明那只是個小手術，一點都不痛，半小時就完成。接著拿出眼球模具，告訴母親說，水晶體原來是透明的，用久了就會混濁，看東西「霧霧的」，拿掉它，換一個新的就好了。

決定手術日期後，期間，母親多次告訴我，眼睛好像看得比較清楚了，是不是可以不要手術，繼續點藥水控制。白內障屬不可逆眼疾，我理解母親的逃避心理，只是，白內障過熟，引發其他併發症，手術難度相對提高，我於是大談手術多麼簡單，不需什麼技術，只要把壞掉的水晶體拿掉，再把新的嵌，不，是貼，貼上去就好。分明就是把人工水晶體左右兩根長突物嵌進眼膜抓牢，免得鬆脫，然而，「貼」這動作顯然溫柔許多。

術前，我與母親一起用中餐，飯桌上有油炸茄子、乾煎鮭魚、花椰菜炒紅蘿蔔、水煮油豆腐等等。望著母親扒飯吃菜，我想著，白內障手術成功率高達九十五％，也忐忑著，這會是她眼裡最後一次留住的顏色嗎？我沒幫她挑魚刺，只請她自己小心。飯後，我翻開筆記上護士的交代事項：中午吃藥降眼壓、點散瞳眼藥水……

兩瓶眼藥水間隔五分鐘點一次，共六次，我竟慌亂得讓護士把六次的時間一一念給我抄寫。闔上筆記本，我以手機設定點藥時間，並在本子上畫記，唯恐分毫疏忽，影響母親的手術。

準備送母親去診所，車子發動了，我的腸胃瞬間翻攪。紅綠燈，行道樹，人與車，極其平凡的街景後退著，母親沉默，望向窗外。我突然覺得我們一起「看」風景，真好啊。我告訴母親不用擔心，已天天向神禱告手術順利，也請神一起進開刀房，和醫生共同操刀，神都聽到了。

下午一點五十分，母親在手術同意書上蓋手印後進開刀房，我開始漫長的等待。此刻，母親若打噴嚏怎麼辦？會突然發生地震嗎？會停電嗎？半小時了，四十分了，為什母親還不出來？四十五分了，我的阿娘，你可好？

正憂慮不安中，護士以輪椅推出母親，表示手術成功。母親，暫時全盲，我扶起她，與她面對面，手牽手，一步一步走出診間。

母親的想望

三天金門自由行的第一晚，母親可能走動過多，洗好澡就躺在床上，點眼藥膏，準備就寢。我忙整理床上衣物，一抬眼，細長半透明的膏狀物橫在母親的眼袋下方，幾乎和眼睛一樣長。

我看著母親以食指輕輕推揉她「眼裡」的藥膏。我說，媽，眼藥膏沒有點進眼睛，難怪你說藥效不好，原來你都當眼霜除皺。我重新幫母親點完藥膏後，她解釋在家裡一手拿著小鏡子看，一手點藥，民宿沒有小鏡子，就量其大約，還以為藥膏已經點進去了。

母親的左眼看不見，視神經也死了，但經常長眼屎、流目油。

三天行程中，在參觀城鎮古蹟或建築時，當我看著手機裡的史料或石碑上的文字向母親解說時，她像個上課認真的孩子，仔仔細細聽著，在我停下來時，有時發問，有時反覆著差不多同樣的話：我對這些說明也很有興趣，若我多認識幾個字，會慢慢把它看完；若我另一隻眼睛也看得到，我一定會去學更多的字，多讀一些書，知道更多故事……

過去曾鼓勵母親上國小補校以彌補童年失學的遺憾，但上課時間太長，一隻眼睛難以負荷，只好作罷。我帶回學校視障兒童的課本給母親閱讀，但她總讀不到半頁，便闔眼喊累。我隨機以簡單的六書概念來教母親識字。有時興來，則從手機下載閩南語有聲書給母親聽。

母親也常趁機學習，從日曆上學，從廣告紙上學，從教會唱詩歌時的字幕上學。有時則猜字，波「爾」茶，「爾」猜對了。低「薪」女工，「薪」猜不出便問。思及母親有用眼過度之虞，偶也碎念她，別學了，隔壁阿嬸也不識字，不識字又怎樣，只剩一隻眼睛要顧好。這時候她就解釋起自己只是「偷偷」學，一次學一點點，不是「真的」學。然後說起我：不要一直看書，字那麼小傷眼睛；不要整天在電腦前，電腦更傷眼睛。最後說，眼睛要照顧好，像她那樣是很痛苦的。

參觀一九三二年完工的「番仔厝」金水國小時，我挽著母親走進禮堂，裡頭整齊排放了幾排木製靠背椅子，母親選了其中一張坐下。以為她腿瘦，膝蓋不適，疲倦想睏，她都說不是。然後，微笑，面容羞怯，低聲說她要假裝上課。接著說起小學前三年天天躲空襲，後三年不是家事太多晚睡，第二天上課打盹，就是被她祖母留在家裡挑糞水、掃竹葉、捆枯竹，無法上學讀書……

母親多次談起童年憾事，但我更訝異她八十幾歲了還對上課充滿想望。於是，我舉起相機，慎重幫母親拍張「上課」照留念。我說，臉太暗，換個位置，側坐，手扶椅背，母親都認真配合，不似平常敷衍。

不多久，小妹也進來，母親要她坐下合照。相機喀嚓後，母親笑著說，她們是「同班同學」。

拉拉錢

與弟弟妹妹們討論今年以什麼方式幫母親慶生，聚餐？包紅包？但往年包紅包她都不收，那就照往例把嬸嬸一家人找來聚餐好了。我們問母親的意見，她說不想過生日，不要買蛋糕。又說「拉拉錢」很好玩，盒子還留著。

我們相望一笑。私下互 Line：

「拉拉錢，母親節玩過了，還要再玩嗎？」

「乾脆直接包紅包，請媽媽收下吧。」

「媽媽會不會把拉拉錢全部送去給賣藥的電台，然後又把贈品拿來送我們？」

「勸她不要聽廣播買藥，沒多久還是買，傷腦筋啊。」

「八十五歲了，聽廣播消遣解悶，會 Call-in 買藥，還不錯啦，龜鹿二仙膠、明目地黃丸藥房也賣，雖然貴得離譜，她說有效就讓她買吧。」

「……」

最後，大家決定玩一個不一樣的拉拉錢遊戲。

幫母親慶生這天，照樣聚餐，也準備了蛋糕，蛋糕上沒有插蠟燭，生日快樂歌則改成健康快樂歌。唱完歌，我們請母親先拉掉蛋糕上的小松樹，方便切蛋糕，母親伸手一拉，埋在蛋糕裡的鈔票露出一小截，她驚喜歡笑。在拍掌歡呼聲中，一張張連續PE袋裝的鈔票自蛋糕緩緩冒出，母親一手拉鈔票，一手收捏，太多了，捏不住，弟弟找來一個大塑膠袋裝。鈔票拉到最後一張，全家人都歡呼跳躍拍掌，母親則高捧鈔票，再度笑出兩排牙齒。

自我有記憶，父親嗜賭，家裡賒欠度日，妹妹常鬧病痛，她是母親口中那個不平安的孩子。有一次妹妹發燒，母親背著她到鎮上就醫，不料，錢不夠付醫藥費，她握在手中的藥袋隨即被拿回，直到她去借了錢，才給她藥。那些年，母親臉上只有愁容，從未如此燦笑。她常說，過去太苦了，現在有能力就盡量幫助別人，於是，她把買菜找回的銅幣存進撲滿，若有人送來自家種的菜蔬，她就估計大約菜價，也掏錢存入撲滿，待養大撲滿，就要我載她送去給慈善機構。聽收音機或看新聞報導，得知哪裡災難募捐，她就拿錢請我去劃撥。

我們一一成家後，母親清晨勤運動，傍晚散步，她認為健康最重要。但，不知何時起，她經常聽賣藥電台播放的老歌，男女主持人分享新聞時事、趣聞、互相答嘴鼓，對主持人產生信任，相信 Call-in 者見證藥物療效，也跟著 Call-in 買藥，說要保健身體。每次勸了，她就說，都聽了很久，聽得很詳細才買。有時乾脆偷偷買，被發現了便說：你們要上班，也各自有家庭要照顧，我可要照顧好自己，免得大家操心……

慶生後回到家，母親把沾到奶油的ＰＥ袋仔仔細細擦乾淨，晾在房間內，我們說，錢抽出來就好，塑膠袋可以回收了。她說：都要收起來做紀念，還有，上次母親節時你們給我的拉拉錢都還放著，捨不得用。說完，轉身從衣櫃裡捧出一疊套著ＰＥ袋的鈔票，上頭還有個藍色大蝴蝶結，那是她綁上的。

兩姊妹的下午茶

母親和二姨喝茶聊天，又談起我聽了好多遍的陳年往事。忽然，二姨提及她們娘家的鄰居阿財在年前死了。我一聽到阿財的名字，精神都來了。

幾年前聽表姊提起，當年，祖母是職業媒人婆，探知我母親勤勞孝順又好性情，於是說服我外曾祖母把母親給她當媳婦，否則，說不定我母親就會嫁給阿財了。

關於阿財，過去母親從未提起，現在，什麼也沒問。我得把握機會逗逗她。

唉呀，真可惜，阿財是大地主，當初要娶你，你卻嫁給爸爸這窮光蛋。如果那時候你嫁給阿財，命運大不同，你真笨。

母親害羞地笑，說，我才不要，嫁過去農忙要下田，一天要煮五頓飯，很辛苦，田地那麼大一片，我也沒那麼能幹。

呵，你想太多了，當初放心嫁過去，自然就什麼都會了，況且，我出生後會幫你，也還有兩個弟弟妹妹，你擔心什麼。

母親和阿姨兩人聽了笑得說不出話來，這讓我覺得很有成就感，話就又多了。看吧，現在羅東地標那棟大樓和附近土地，幾乎都是他們家賣掉的，溫水游泳池那片土地也還是他們的，阿財可說是羅東首富，你真的不後悔？母親繼續笑，說後悔什麼，隨即又說她和阿財的事都是人家亂講的。然後說，姻緣出世就注定，夫妻相欠債，女人將來吃誰家的飯跑不掉。

以為玩鬧話題結束了，沒想到二姨也說起自己的婚姻。

二姨結婚前在羅東林場當會計，上班走路都會經過火車站。有次，發現一中年男人站在車站前，定定地看著她，起初不以為意，但很長一段時間都如此，讓她感到相當不自在，並且深感奇怪。不多久，有人上門說媒了。原來那人家裡開碾米廠，特地為兒子出面觀察二姨。

可是，當二姨知道要嫁的人是個在家拉人力車的，她哭了，向外曾祖母哭說：我在上班，是會計，那人在拖「里阿卡」，怎麼辦？我一聽二姨說「怎麼辦」，隨即插嘴：

當時不答應嫁給他就好啦。二姨說，不行啦，那時什麼都是長輩說了算，誰敢違背。後來，外曾祖母請在林場任職課長的叔公幫忙，給姨丈安排了貯木池木材進出管理工作。於是，姨丈和二姨兩人在林場工作直到退休。

二姨談起從前，她的眼睛老看著牆上姨丈的遺像，眼裡透露出深深的懷想，然後又談起姨丈沒脾氣、孝順、顧家等種種的好。而父親生前，賺的錢拿去喝、拿去賭，直到退休後才逐漸收斂。我們長大後，問他五個孩子各讀哪所學校，全搞不清楚，有時乾脆說都讀鎮上一所高職。

母親苦了大半輩子，我們每每批評父親，她就極力說他的好，還說祖父曾拿掃把打我父親，父親總是靜靜地讓他打，這也算是孝順。又說，我父親喝酒回來，至多是囉嗦話一堆，還不至於像有些男人會打妻兒。還有，父親退休後，知道哪裡有好吃的，也會買回來給母親吃。

二姨與母親的個性和命運雖截然不同，不過，九十二歲和八十五歲的兩姊妹還能一起喝茶笑談過去，這樣真好。至於過去的種種際遇，如今都已不重要了。

兄妹

去年，我陪母親去大舅家，閒聊中，母親問起大舅還彈鋼琴嗎？表哥笑笑，消遣大舅懶，很久沒彈琴了。母親一聽，順勢要大舅彈幾首。大舅邊說很久沒彈，可能都忘光了，邊緩緩起身，拄著拐杖走向鋼琴。他翻開琴譜，彈了幾首日本童謠和台灣民謠，母親站在一旁拍手，點頭數拍子。一會兒，住附近的三姨過來了，兩名白髮老婦分站老翁兩旁，一起唱歌，〈望春風〉、〈紅蜻蜓〉、〈晚霞〉……一首接一首，畫面日常卻溫馨美好，我趕緊拿起手機錄影。

幾個月後，每年例行性的家族餐會，大舅因健康狀況不佳缺席了。那天，母親面容失落，感嘆每次餐會，十一個兄弟姊妹全員到齊，這回少了一個，不知下回能否齊聚。

餐會後幾天，我陪母親去探望大舅。大舅雖數度進出醫院，健康不如從前，但臉上沒有老人斑，神態怡然，氣色仍佳，九十四歲看來至多八十。閒談中，表哥半開玩笑對母親說，你哥哥很喜歡吃你炒的花生，再炒一些過來給哥哥吃吧。母親說她的眼睛老是乾澀長眼屎，遇熱更不適，不敢在瓦斯爐前站太久，已經很久不炒花生了。

日前，母親聽聞大舅身體狀況變差了，沒有食慾，整天只想睡覺，她一早就買好香蕉和葡萄汁，要我載她去探望。

表哥陪我們進房間。大舅剛起床，面目黃瘦，一頭亂髮坐在床沿，舅媽和看護幫他梳頭髮，整理穿著，最後在他胸前套上小毛巾，給他喝加了流質食物的咖啡，又服了搗碎加蜂蜜水的藥。大舅吞嚥吃力，間或發出混著痰聲的咳。他長嘆一聲，看著我們，說他住院一星期了。表哥說，這裡不是醫院，再看清楚，醫院沒這麼漂亮喔。大舅又告訴我們，表哥退休了。其實，表哥已經退休好幾年。

表哥問大舅要不要到客廳坐坐，客廳熱鬧些。他搖搖頭，說想睡覺。表哥又問他，想不想吃姑媽炒的花生，請她炒一瓶過來。母親忘了眼疾，隨即回說，哥哥要吃，回家馬上炒。

然而，大舅可能咬不動花生了，即便嚼碎，也吞不下。母親帶去的香蕉，要吃上一口，恐怕也困難。

經常和母親聊起她的童年過往，但，談及她與大舅，不外乎大舅爬老家屋前那棵蓮霧樹，身手矯捷，像隻猴子。再問。有啦，你大舅真厲害，可以一手拿竹竿捅蓮霧，一手接。追問其他，語句模糊，幾乎空白。許是母親出生不久就給人領養，七歲那年養父母過世，回到原生家庭時，大舅已南下屏東就讀師範學校，後來任教，結婚，搬出老家，母親對大舅的情感，敬畏遠勝於親愛。

相較於年紀相近的二舅及阿姨們，母親的回憶則豐富多彩。曾經，母親打破碗，二舅怕她被外曾祖母責罵，說是自己不小心打破的。外祖母早逝，外祖父在外另組家庭，每次颱風過後，屋頂毀損，都是二舅去買瓦片爬上屋頂，母親和阿姨們，遞瓦片給他覆蓋。還有，他們一起以幫浦打水，若逢不遠處車站火車啟動駛出，發出「嗚——喊嚓喊嚓」的聲音，就配合節拍，由慢而快，喊嚓喊嚓按壓取水……

然而，人生行至暮年，無論過往相處時光長或短，情感深刻與否，又有了不一樣的理解與感受，於是更加珍惜每一次的相處。印象中，過去母親較常到二舅及阿姨們家走動。年老後，腳力不堪，除了二舅及阿姨們家，也經常要我載她去大舅家。近幾年來，每次陪母親去探望大舅，她更是要我順道載她去買水果，說是大舅年紀大了，也不知還能給他買上幾回。

看護讓大舅躺回床上。大舅側躺，一隻手伸向母親，攤開手心，母親坐下，也伸出手，扣在大舅的手心上，不住地摩娑。大舅閉上眼睛，不知是否睡著了，手漸漸鬆了。母親仍是握著大舅的手，靜靜地看著他的臉，來回輕撫他的掌心。那看起來像是電視上一場生離死別的特寫鏡頭。

我一時鼻酸，走出房間，迎面而來一架鋼琴，「傍晚的天空有紅蜻蜓，你是哪一天背我見過的？……」輕柔的旋律與日語歌聲迴盪腦際。我想，今後哥哥彈琴，妹妹們伴唱的畫面只能從手機裡尋找了。

家書

第一次寫信是小學五年級，那時四叔去外島服兵役，寫信回家報平安，祖母要我讀信，也要我回信。

往後，都是如此。回信時，通常是祖母口述，我依她的意思寫，有時也加上自己的生活日常，比如考試名次、畫畫或書法比賽成績等等。祖母的話很多，但概括內容不外是每頓飯要吃飽，衣服要穿暖，身體要照顧好，家裡大小都平安不要掛念。最後還會叮嚀我在信末一定要加寫「勿忘盡忠報國」。

四叔只大我十歲，國小畢業就到南部學打石，直到服兵役。他很少回家，但家裡狀況十分清楚，例如，父親嗜賭愛酒，生活自在逍遙；家裡月月不斷循環的賒欠還債；大妹多病，經常看醫生，吃藥像吃飯般日常。我每次去信都相信四叔在軍中真的會「盡忠報國」，然而，懷疑他是否相信家裡大小都平安？

大妹是隻藥罐子，但是，小妹於我，卻比大妹棘手，她動不動就哭，哭被誰打了，哭這裡痛那裡痛，日日哭，彷彿一日不哭，便不是我家小妹。有一次，她蹲在廚房水缸前哭，哭肚子痛，不停地哭，哭了好久，哭到陽光斜進屋子，照得她滿臉通紅還在哭。大人都不在家，我安慰她說，你哭和不哭，還是痛啊，乾脆不要哭，媽媽快下班了，晚上會帶你去看醫生。小妹仍是哭，嚎啕的哭聲像是深夜時，狗的嗷嗚哀鳴，那麼長，那麼淒厲，哭得我心浮氣躁，失了耐性，直想破口大罵，要罵什麼自己也不知。結果，那晚小妹闌尾炎住院開刀，我內疚，卻莫名。

然後是母親，也是闌尾炎，忘了事隔多久。

母親住院期間，虛弱得連擤鼻涕都要靠我幫忙，整整一個月，身體無法康復。我後來才聽母親說，肚子悶痛已久，以為沒什麼，忍著繼續成衣廠的熨燙工作，直到自己承受不了，臉色有異，祖父發現，要父親帶她到醫院檢查，結果延誤就醫，引致腹膜炎。

諸如這類焦躁厭煩事，大約是在四叔當兵期間發生，而「家裡大小平安」彷彿是家書的格式，祖母、四叔與我之間，一個說得那麼順暢，一個寫得那麼自然，一個也許也讀得心安。

信件來來回回，四叔說天氣，說軍中生活，說一切好勿牽掛。而我仍一次一次照著祖母的意思寫上飯要吃飽，身體要照顧好，家裡大大小小都平安，勿掛念……

一次晚上，我主動寫信給叔叔，因為祖母哭了。祖母向來強悍，只在三叔車禍過世，祖父生病過世時哭過。

那天傍晚，鄰居阿明家纏著小腳的阿祖，從她住處穿過稻埕一步一步晃進我家。她進大廳，邊喊祖母的名字，邊往廚房走去。那音色顯然不太友善，我於是跟去。祖母原本坐在門口，就著光線縫補，聽了阿祖的喊叫，忙起身拉出飯桌下的長椅條，請阿祖坐。然而，不等祖母把椅條擺正，阿祖就問，你地租什麼時候要繳，拖很久了。祖母請阿祖坐下，阿祖不理會，一手扶著後門，一手扠腰，怒視著祖母。祖母直說不好意思真不好意思，阿祖仍不斷質問。平時口才極佳的祖母，連話都說不完整。我看了很難過，也好奇最後會是怎樣，乾脆蹲在大灶前燒熱水，聽她們說話。阿祖一字一字吐出令人難堪的話，她的聲腔高亢，愈說愈急，我聽到祖母的啜泣聲。最後，阿祖回去了，祖母仍是啜泣，我突然感到她孤單又可憐，但我沒有上前安慰，只是跑出去把弟弟妹妹找回來洗澡。

晚飯時，祖母沒說什麼，我也沒告訴母親，更沒有告訴父親。

當晚，我寫信給四叔，寫得很簡單。我說，家裡大小都平安，勿掛念，可是鄰居阿明家的阿祖來討地租，祖母沒錢給，阿祖很兇一直罵，把祖母罵哭了，然後結尾要叔叔勿忘盡忠報國。

陌生人

窗外厚重的灰霧急速飄甩，雨，不以「下」的姿勢來下，而像是千百條長鏈鞭打在地面上。忽然，屋側不遠處水塘閘門旁，一黃色身影和一部機車在老榕翻飛的灰綠間忽隱忽現。

那人一手抱著已經折裂的樹幹，一手向屋內的我猛力揮動。許是等了好久，視線才與我對上。我與那人像是一聾一瞶，透過玻璃，以手語溝通。

我示意他打電話給一一九。他的五指張合又張合，表示沒有電話。

我以手勢請他衝過來。他指著天，搖手明示走不動。

我點頭。他應是理解我請他等待。

待到風雨稍減，我招手。他抓緊輕便雨衣，遲疑，然後步履蹣跚，走在風狂雨急中。

前門外面已用木板擋住，我比手勢，請他繞到屋後。這時丈夫已在後門等著接他了。

我請他快快進屋裡，他卻忙著脫掉輕便雨衣。我急急直接拉他進屋子，瞬間，地面蓄了一灘水。

他，年約三十，身上散發著酒臭味，臉色蒼白，眼睛布滿血絲，聲音發顫，直說不好意思打擾我們，又說屋後風勢小，留在屋後就好。我指著倒了的櫻樹和斷枝的大葉欖仁，表示屋後也危險，隨即上樓拿毛巾和衣服給他。

他拿毛巾擦了頭，堅持不換衣服，並急忙抓了地上的抹布把積水擦乾。水不斷地從他身上溢出，他不停地擦，似在掩飾某種不安。丈夫問他，颱風天怎還騎機車出門。他說找朋友，途中，機車差點被風吹倒，只好暫停樹下，要打電話給朋友，手機就被吹走了。又說，水塘漲滿水，水流很急，路面不見了，只好向我們求救。說完，請丈夫幫忙撥電話給他朋友。他接過手機，說，請老大接電話，現在困在水塘邊，請人來接。掛電話後，我說，這時間開車來也危險，請他放心留下。然後，他數度道歉造成我們困擾，改天一定上門致謝等等。他再次蹲下來擦拭地面。我請他換衣服，他仍婉謝，又說讓他站外面就很感激了。丈夫以指背輕碰我，看我一眼，走向客廳，我明白他的意思，但沒理會，搬了張椅子請那人坐下，又去煮薑母茶給他驅寒。

丈夫又進廚房，說天色暗了，要我去客廳找手電筒，實則藉機斥責我不懂人心險惡，幫人幫過頭，然後說，那人有問題，說不定還吸毒，他要站外面，就讓他站外面。而我，雖忐忑，但仍擔心他發生意外，果真意外，我將良心不安。為此，我與丈夫壓低聲音爭論，屋子裡彷彿也瀰漫著風雨。

我回廚房，丈夫跟進。那人碗裡的薑母茶空了，他的朋友仍未出現，丈夫的手機也未響起。他重複原來的客氣話，並說，風雨較小了，讓他站在外面就好。丈夫上前順勢說，好吧，自己要小心。我能理解丈夫，但仍忍不住開口留他。丈夫瞟我一眼，刻意以身子擋我，那人再次向我們點頭道謝，但眼睛卻透出卑微的光，似乎明白了什麼。

我打算再倒一碗薑母茶，趁機留住他，一轉身回頭，人就不見了。我望向榕樹，見到枝椏間人影晃動，摩托車車燈亮了，在一片灰黑霧雨中，車影愈來愈小，直到不見。

貓事

有一天，女兒回家，將手上的禮籃放下，打開，掏出一隻手掌大的橘色小貓。

她說是同事家裡已經養了五隻，這一隻希望女兒幫忙照顧，但女兒婆家不答應。預防針打好了，貓沙也帶來了。那晚，我糊里糊塗，沒有答應也忘了拒絕。

我喊牠阿咪，阿咪是隻短尾貓，尾巴不及我半個拇指長，很快就熟悉家裡環境，四處亂竄。漸漸長大後，眼神清亮了，身體更靈巧了。常常我往樓梯方向走去，阿咪發現了，右前腳跨出一步，微微斜在左腳前，停住，確定我上樓去，樓梯木板一陣搭搭急響後，牠早已奔到樓上等我。不過，也有幾次失算。我才走幾步，牠飛奔在前，衝到樓上，發現情況不對，又跑下來，站在樓梯轉角，探出半個臉，那神情十足說明了：媽，你怎沒上來？

與阿咪相處一段時日，加上貓友交流，深覺貓只不過長相語言異於人類，牠的行為舉止是很有人味的，我很快就能理解貓的日常，也大致能聽懂貓語。

一般說來，貓不甘寂寞，也頑皮。我們家阿咪在我做飯做菜時，喜歡跳上流理台，縱身一躍，蹲在抽油煙機上，居高臨下，靜靜看著我，直到完成一桌飯菜。不過，有時也從抽油煙機跳上櫃子，再跳到嵌了日光燈的房檐，跑來跑去，一跑好幾圈，我後來才察覺幾盞燈管壞了，不無原因。我在書房時，牠有時是跳上我大腿，乖乖坐下，有時是跳上書桌，從書堆裡晃過來，橫過螢幕，踩了鍵盤，正在進行的文章，突然炸開一排小花，也曾出現一排斜槓，像是唏哩嘩啦下了一場雨。這時，乾脆暫停工作，快速移動滑鼠，逗阿咪去抓四處亂跑的游標，上下左右急急撲追，我疲憊煩亂消了大半。

貓寧靜時最為動人。當牠蹲踞椅背上，靜靜凝望窗外婆娑世界時，背影真像一個正在沉思的哲學家。放低視角，頭部被肥肥的身軀擋了，又成了一顆大毛球。如廁時，四爪斂聚沙盆盆沿，神情專注，姿態含蓄優雅，最是靜美，宜入畫，但我不擅畫，於是入鏡。

貓也愛玩躲貓貓，任憑你千呼萬喚，牠相應不理。全家人邊喊邊找，床鋪下、沙發下、書桌下、電視櫃下仔仔細細找。曾經，牠發現我發現牠了，但仍是蜷縮一角，只是定定看著我，彷彿是說，不要告訴他們我在這裡喔。

貓的聲音有豐富的表情，並且深具意涵。餓了是直接的長音「喵」，有點不耐煩；害怕剪指甲則是短音「喵」，接近「媽」的音，可憐帶哽咽；出門看醫生的路上，害怕不安，不停地喵，長音揚高，如怨如訴；看完醫生，回家的路上是「凹」「凹」「凹」，進屋，隨即寂然。

我童年時，家裡因鼠患而養貓，如今，貓早已卸下降伏鼠輩的職務，但瞧見蟑螂、壁虎、蜘蛛等獵物時，喚醒天生職責，先是略略壓低身體，前進或後退一步，就位，扭動扭動屁股，然後不動，直視那物，縱身一躍，一掌巴下去，兩隻前爪又按一按，直到奄奄一息才罷休。

我喜歡抱阿咪，也喜歡把阿咪舉高親牠的鼻。母親見我們親親總是很緊張，嘖嘖嘖，你喔，萬一貓生病，會傳染給你……，語畢順便提醒我不要讓阿咪進房間，說這樣不衛生，還說，如果牠身上有跳蚤蝨子，帶進房間很麻煩。我也多次告訴母親，阿咪不出門，不太會感染寄生物，牠肉墊粉嫩一塵不染，指縫也不藏汙垢，把自己打理得比人還乾淨。母親無話可說。

今年年初，有一次母親要進房間午睡，阿咪先母親一步飛奔進房，跳上床，弓起身子，側臥棉被上。我喊牠下來，告訴牠阿媽不習慣跟牠睡。阿咪看著我，喵一聲，低音短促圓潤的，意思是「不」。我邊抱牠下床，邊說，不行就是不行，阿媽會睡不著。牠看著母親看著我，再次喵，那楚楚可憐的音色近乎哀求。須臾，母親竟然對著阿咪說，你真聰明喔，知道棉被溫暖，好啦，好啦，就和阿媽一起睡覺吧。

其實，我母親本就疼阿咪的，每次來我家，不是先找我，而是先叫喚阿咪，沒看到便問去哪。但母親跟阿咪說話，差不多就是那幾句，「阿媽來了」「阿媽要回去了」「你媽媽都把你寵壞了」「嘿，不聽話修理喔」。

有一天，母親來家裡，看阿咪躺在茶桌上，邊叫阿咪要小心、不要踢落杯子，邊拿起茶壺，突然，茶蓋滑落地上碎裂了。她覺得那是先生寶愛的茶具，很過意不去，我安慰她那是便宜貨，母親仍是歉疚。於是，我說，阿咪有前科，說是阿咪打破的。母親笑出聲，說，要賴給牠喔，母親看看阿咪，又笑了，心中的小石塊顯然是放下了。

但，不到半天，母親就向先生坦承打破杯蓋。她說，不能因為阿咪不會說話就賴給牠。

火車路腳

這家國際溫泉酒店去年開幕，是縣內最高的大樓，也是羅東的新地標。廣場前，七八支高聳的各國國旗隨風飄揚，母親和三姨站在那兒，仰望，四處環顧，神情肅穆。之前她們都來過，老房子拆掉前與飯店興建時，來了好幾次。

一名員工出來招呼。我看著一旁的三姨和母親，回說這裡曾經是她們的家，只是來看看。服務生好意請我們進去參觀，但我們還沒看夠，不急著進酒店。

噹噹噹。轟隆轟隆轟隆。一列白色普悠瑪號列車飛馳而過。我獨自步出飯店廣場，走向平交道，時間將我童年視界中的寬闊變成眼前的逼仄。我沿著記憶的鐵軌，走向久遠的過去。

彼時，母親常帶我們回她娘家「火車路腳」。顧名思義，火車路這頭下坡的聚落都是「火車路腳」，另一頭靠近羅東市區則是「火車路頂」。如果開口問路，「火車路腳」，這幾百年的老地名，遠比正名「羅莊」或詳細地址更容易導出正確地點。

跟母親回娘家，總是在過了平交道後，內心開始惶惶不安。小雜貨店轉彎，經過一條小河，兩棵大蓮霧樹，外曾祖母和三姨家到了。

外曾祖母、舅舅、舅媽，五個表姊妹，所有的稱謂，怯生生喊完，再到隔壁三姨家，喊姨丈、阿姨，兩個表姊。他們和我們招呼閒話，但我內向害羞，很快就又陷入尷尬的沉默裡。母親走到哪，我跟到哪，有時就鼓起勇氣向表姊借書來看，或者和妹妹一起晃進三姨家屋後竹林。竹林茂密，蛛網枯葉，日影斑斑，當葉片沙沙響起，長髮白衣吐舌的女鬼影像便閃現腦海，於是快快折返。

在外曾祖母家，唯喜歡看火車，每當噹噹聲響起，我就和妹妹快步衝向平交道。火車經過，風颳在臉上，腳下隆隆震動，我們向車上乘客用力揮手，直到火車消失在鐵軌盡頭。

有一天，又跟母親回她娘家，我從客廳走出，薄暮中，二舅騎著一部腳踏車回來，兩邊手把掛滿棉花糖，蓬鬆得像要飛起來般，他的臉閃著光，眼睛嘴巴都像在笑。我父親不曾買過這些東西回家，也不曾有過這樣慈愛的面孔。那一刻，我好想住進外曾祖母家。

那天，我真的要求母親讓我留下來。夜晚，大家睡著了，火車轟隆轟隆駛過，地面震動，床震動，我的心也震動。我對照起二舅與父親種種，一個閒來寫字讀書彈琴，另一個嗜賭，夜夜爛醉回家胡鬧，再想想表姊妹和自己的穿著，本就心生卑微，此刻愈覺卑微。

此後，和母親回火車路腳，總是抗拒。母親不明白我的心思，先是認為我畏縮，需要訓練，多次藉口要我送東西去給舅媽三姨，有時藥草，有時醬瓜，幾次後我拒絕了，她很傷心，說「三代不絕母頭親」，我一代就要把它絕了。母親說這話時，我才要進入青春期，半懂半不懂，暗地裡不知流了多少淚。

記憶的景深，長遠幽邃，當年不斷逃避的難堪，烙下許多清晰的傷痛。長大後，不痛了，回頭凝望，都癒合成一張張旅遊風景明信片。

我回到酒店廣場。噹噹噹。轟隆轟隆轟隆。一列自強號火車北上。母親和三姨靜默望向前方橫過的列車。我突然想著，火車是母親與三姨生活中的一部分了，如今她們靜靜看著火車經過，是否她們許多過往記憶，都埋藏在這棟大樓裡？

須臾，三姨說，飯店右側步道是以前外曾祖母常去洗衣服的小河。我探頭尋找，母親說，都加蓋了，不用找了。然後，她們說起那條河：母親出生十個月，外祖母病逝，外祖父在外另組家庭，外曾祖母靠那條小河幫人洗衣扶養五個孫子。她纏腳，每天抱著一大澡盆衣服，一小步一小步往河邊行去，下雨或出大太陽時，就喊三姨幫忙撐傘。她洗衣服非常仔細，用木杵敲打，回家再用粥水漿過晾曬。而那同時，母親的舅媽久婚未孕，很希望有個孩子，母親就順理成章送給他們「壓花」。不多久，她舅媽果真順利懷孕，生了一個弟弟一個妹妹。

母親七歲時，她的舅舅舅媽相繼過世，弟弟妹妹送人扶養，她回到原生家庭。外曾祖母突然多了一個孫子養，且這孫子幾乎天天尿床，使得她要洗的衣物量又增多了，因此不喜歡母親，動輒責罵。而讓母親更委屈的是，讀小學時，晚上大家都去睡了，她還得過濾從河邊挑回家的水，以備隔天使用，但層層濾出的水滴滴答答，濾得很慢，她等得打瞌睡，濾完一缸水都已是半夜，隔天上課又是瞌睡。

母親與三姨再次環視四周，然後，目測步道過來大約位置，說草皮上那排紅色消防栓，以前種了兩棵蓮霧樹，酒店正門便是花園，旁邊是老家，再過去是三姨家。

三姨說，那兩棵蓮霧樹又高又壯，是小孩遊戲乘涼的好地方。母親說，大舅小時候像隻猴子，捉迷藏時常爬上蓮霧樹，躲進茂密的枝葉裡。大舅也是採蓮霧高手，他可以一手拿竹竿捅蓮霧，一手接，母親和阿姨們就負責提籃子裝。

那個曾經在春夏開了好多花的花園，她們說，有玫瑰、含笑、桂花、扶桑等等，但母親記憶最深刻的是綠籬。她說八、九歲時，有一次收拾曬在綠籬上的麻布袋，由於個子小，提起腳尖用力拉，瞬間，一條龜殼花飛過她肩膀。

花園裡有個水井，平時就靠那口井洗菜、洗米、燒開水。幫浦打水是當年他們這些小孩子的事，那時，不遠處的火車開動駛出時會發出「嗚——喊嚓喊嚓」的聲音，由慢而漸漸快，他們就配合節拍，一起喊嚓喊嚓按壓取水。

幫浦打水是好玩的工作，但挑糞水施肥，去農會挑米糠，掃竹葉、捆枯竹生火等等就不輕鬆了，這些事，在阿姨們升上初中後，由母親獨力處理，她小學畢業後也被曾祖母留在家裡幫忙家務。

三姨家是後來興建的。那時姨丈隨國軍來台，在羅東工作，輾轉認識三姨，外曾祖母讓他們在隔壁蓋房子居住好互相照應。後來，三姨為了工作方便，也希望有更好的居住環境，於是在外購屋。

三姨和母親繼續尋找既往，邊說邊往酒店後方行去，那是我童年時期以為有鬼出沒的大片竹林。兩頭白髮在暮風中翻飛，說起竹林後方有個防空壕，有一次空襲警報響起，埕仔裡的人全躲進去了，阿發伯突然想到雞還沒餵，趕緊跑回家餵雞，途中就被炸死了。

我望向酒店高樓，和兩位老人一起走在不同的記憶軌道上。昔日，我年年夏天吃著外曾祖母家的蓮霧，卻不記得蓮霧的滋味。我也常進花園裡看花，卻只記得玫瑰刺人。如今，站在熟悉的土地上，我內心時而平靜，時而翻湧。

月前陪母親去三舅家，舅媽、二舅和母親談著談著，又談起老家。相同的話題，我聽了好幾次，卻仍覺新鮮。

幾年前，財團洽談土地收購事時，只有仍住在老家的二舅和住台北的舅舅不答應，其餘共同持分的親戚及鄰居都認為還是趁早賣掉較好。二舅為此抑鬱許久。他說，大舅到外地讀書，婚後遷居，大姨北上工作，二姨也嫁人之後，每次颱風來襲，瓦片飛走了，他就去買新瓦，和三姨一起爬上屋頂，我母親負責遞瓦片給他們覆蓋。稍長，連增建的浴室都是他親手搭蓋。屋後的菜園也是他闢墾種植。一磚一瓦一木都有二舅的情感，他怎不抑鬱呢？而久居台北的舅舅反對的理由是外叔公生前說過，就算老房子被政府沒收也不賣。

但一切都擋不住時代潮流。

二舅搬到市區後，天天騎腳踏車回去看老房子，有時發現門被偷了，有時發現窗戶被拆了，然後是牆面不見了，屋梁也不見了。直到挖土機開進來，他流著淚看著曾居住八十幾年的房子，牆傾，屋倒，塵土飛揚，夷為平地。

二舅很傷心，告訴舅媽說，拆房賣地分到的錢他不要，全給舅媽。舅媽說她不能要，於是又把錢匯進二舅帳戶。

飯店興建時，二舅和舅媽依然天天回去看，像一名盡職的監工。工地小姐好奇，忍不住來關切，二舅說，這裡是我家，並且指給他們看廚房大廳等原處，並且聲明，等大樓蓋好要進去住一晚。

二舅還是常常去看他的家。漸漸地，我發現他走路步伐變小了，記憶力差了，白天睡覺時間變長了，還有一次，我在馬路見他逆向騎腳踏車，短短幾年，所有關於老的事情一件一件發生在他身上，而這也讓我經常想起我童年時的二舅。

二舅的臉依然都是笑與慈愛，身體未有病痛，我認為他的衰頹不是身體老化，而是一生中許許多多滿布著情感的事物突然一一被拆離、被奪去，終至完全消失。比起二舅，母親與三姨雖也不捨，卻豁達許多，她們認為，反正一定要拆的，就接受吧。

有一次，我和母親在二舅新家，談到老家生活點滴時，二舅看著神明桌上的公媽牌位，他說自己兩歲就沒了母親，從小，生活所需都是外曾祖母打理，連六個兄弟姊妹的頭髮都是她剃剪，外曾祖母就像他們的母親。

我突然覺得也許外曾祖母正在聽我們說話。再看看老家搬來的神明桌、供桌、飯桌、長椅條、衣櫥、碗櫃、大小鋁盆等等，有那麼一瞬間，我又覺得這真像人體器官移植，老房子死了，這些物件重新植在新房子的各個角落，然後靈魂甦醒，重新呼吸。

這些年來，母輩都老了，晚輩們早已在外地生活，互相往來探望的次數愈來愈少。我陪母親去探望他們時，見面總是非常高興，有時聊著，不免又聊起過去，重複著往事、重複著悲嘆，尤其是二舅。後來我告訴二舅，現在這房子堅固，颱風來可以安心睡覺，況且，離運動公園又近，散步方便，真好啊。

「等酒店蓋好要進去住一晚。」二舅不只說了一次。如今酒店早已營業，不知因何，二舅卻一直未曾行動。

服務生帶我們進酒店，我們去參觀總統套房，又到頂樓俯瞰蘭陽平原。三姨和母親又提起二舅的想望，她們說，該來問問二舅，什麼時候大家一起到酒店住一晚。

四叔

我開車往鎮上行去，找四叔要聽的CD，幫他買蔥燒牛肉泡麵。車行過農路，來到一家糖果餅乾店的倉庫前，放慢車速，右邊一根電線桿，黑黃斜紋桿身油漆剝落，裸露出一小片微微凹損的混凝土。

許多年了，每當開車行經那條路，我分不清是不自覺，或是刻意，不想遇見那根電線桿，卻又刻意注意起那根電線桿。一次又一次瞅看四叔車禍撞擊處，然後，一路上都是他的日常身影，他捧碗吃飯夾菜，戴護目鏡手持電鑽工作，他開車回老家……

四叔傷了第四節頸椎，四肢全癱。初期，受損的神經，使他全身痛得有時像「刀刮針扎」，有時像「電擊」，像「火燒」、「冰凍」，我們不敢碰觸他，走路時也輕緩，以免揚起的氣流弄痛了他。

初始，他啜泣，焦慮恐懼，難以接受事實，冀望恢復原先機能。於是，傾斜台復健訓練坐姿，躺回床上後，他也使力要讓身體動一動，讓手指和腳趾動一動。然而，他連一隻蚊子飛過都驚慌，只能歪著嘴巴，扯拉一邊唇角，示意蚊子飛哪裡，要我們快快打死。他氣自己，不知如何因應每一天。談及兩個孩子還在國中就讀，說自己沒有用了，是個廢人，乾脆死了算。

四嬸在正規治療外，燉中藥、尋求偏方、求神庇佑，她和四叔一樣無助。我則努力蒐集所有頸椎受傷的醫療資訊，比如神經細胞移植、神經再生、合成藥物療法等等，但國內外都一樣，期望彷如浮雲。漸漸地，我對相關訊息不再積極關切，而四叔的疼痛亦稍緩解，並且可以靠移位機輔助坐上輪椅，只是體感溫度覺異於常人，房間裡不是開著冷氣就是暖爐。

除了吃飯、睡覺、看電視，四叔生命裡某些東西漸漸死去，生活周遭的事物對他而言，彷彿也跟著他的神經一起斷裂。有一天，四叔希望家人幫他重購一部下巴觸控式的電動輪椅，好出去逛逛散心。四嬸認為沒必要，但四叔堅持，生氣流淚要求，四嬸只好順他意。沒幾天，他坐上輪椅，趁大家不注意，往一條荒僻的大水圳投去。幸好路過者發現，趕緊找人幫忙救起。

許是脊髓損傷協會老病友探望時的經驗交流與鼓勵，四叔尋短不成後不再那麼孤單面對病痛，也慢慢接受自己，加上兩個堂弟也已長大，一個外地就業，一個留在家鄉，並且都已結婚生子，他不再想方設法尋死。

四叔纏綿病榻，對四嬸也是長期折磨，磨得只剩無奈，加上還要面對情緒，厭倦難免，而四叔本就硬脾氣，漸漸地，有些需求，轉而向我或妹妹。他透過外傭安妮的手機，請我幫他買東買西，通常是泡麵和便當，有時喉糖，這次，他說整天看電視，眼睛很疲勞，特別提及想聽江蕙的CD和閩南語老歌輕音樂。

輕推房門，一個模糊的枯槁形體漂浮在混著藥味與霉味的空氣中。我躡手躡腳，把買來的東西置放櫃子上。

四叔的房間沒有窗，不開燈時彷彿地窖，這是他以前投資閒置的空屋，外傭安妮和一隻老狗與四叔住一起。

對面也是四叔的家，但樓下沒有房間，四叔車禍後，四嬸找人把空屋整理一番，並在樓下隔出一間房，好方便外傭照顧。吃飯時間，外傭再推四叔到對面和家人一起用餐。直到去年，四叔感冒發燒，四嬸擔心他把病毒傳染給孫子，希望他留在房間用餐，不知是四叔敏感多疑，抑或四嬸說話直快傷了四叔，兩人大吵一番，此後，除了大年節，四叔不再過去對面的家，堅持安妮取餐來房間餵他。

四叔的世界本就封閉，與家人共餐，看孫子玩鬧，才露出難得的笑容，如此一來又更封閉了，幾乎只剩天花板和電視。有一次，我陪母親到醫院門診，巧遇四叔，以為他生病就醫，卻是來領藥。我說，這樣真麻煩，以後我可以幫忙。四叔不假思索，連說不用不用，然後說，他打電話請復康巴士來載，安妮就可以用輪椅推他在醫院裡四處走，這樣可以看到很多人，領藥後再到醫院外的市場逛逛看看，順便買他愛吃的雞腿便當回家，這樣一個早上就過了。我乍聽恍然，原來，就醫及每個月處方箋領藥日，於四叔，彷如獄中放封，他得以暫時仰望藍天，看看白雲。

四叔喊我，要我開燈。我說，把你吵醒了。原來他根本沒睡。問我買了多少錢，每次讓我花錢，不好意思道謝又道謝。我們閒聊，聊著聊著，又聊及脊椎損傷協會病友：

陳小姐已經躺了七年，王先生已經躺了十年，那個高中英文老師躺最久，十五年才死。最後提及自己，不知道還要躺幾年才能死。我明顯感知，這樣的時間觀，比身陷囚牢苦上千百倍，而不知不覺，四叔臥床也已整整二十年了。二十年來，我聽他說話的同時，常常想起過往與他相處的時光。

四叔大我十一歲，他小學畢業後去學「打石」，下工後常帶我去看電影，通常是武俠片及功夫片，我幾乎看遍姜大衛、狄龍和李小龍的電影。四叔很快就出師，沒幾年，南部師傅找他去廟宇幫忙雕刻龍柱、打各類石碑。期間，我經常和他通信，告訴他家裡發生的大小事，諸如，地主來催繳地租、三叔喝酒和三嬸大吵、我的考試成績等等。

逢年過節，四叔回來。他梳了西裝頭，腳穿油亮亮的皮鞋，身上的襯衫夾克幾乎都是「企鵝」和「鱷魚」品牌，像是闊氣的大老闆。而四叔也真的很闊氣，我國三時，幾次模擬考，都向鄰居借手錶好掌握時間，他不知何時發現了，有一次回家，突然從口袋掏出一隻錶送我。

我上高中那年，四叔返鄉開業。返鄉前，他請工人將我家的茅草屋頂覆蓋瀝青油氈布，天花板、竹編灰泥牆裡外都釘上木紋板，昏黃的燈泡換成亮白燈管，傳統糞坑改成沖水馬桶，還買了電視，裝上電話。這些改造，修補了我長期的自卑心理，開始願意讓同學知道我家住處。

彼時，正值青春期，我渴望洗髮精的香氛散逸髮間，於是，慫恿四叔去買廣告中的「綠野香坡」，好擺脫使用十幾年，像是洗衣粉般的洗髮粉。然後，民歌盛行，我羨慕電視上的歌手抱著吉他自彈自唱，跑到同學家玩吉他，四叔知道後，不但帶我去選購，還幫我繳學費讓我上課。還有，他申請的電話，也使得我和多數同學一樣，可以在畢業紀念冊通訊錄上多掛了一串讓我微微虛榮的數字。

四叔開業不久後，在廣興公墓旁路口購置一小矮房，白天在店裡工作，晚上有時在家裡趕工。家裡和店裡無啥差別，到處是電鑽、鑿子、榔頭、毛筆、墨汁、朱漆、金箔，大大小小的墓碑。他戴口罩、護目鏡，手持電鑽，坐在矮凳上刻墓碑，一旁強力電扇不分季節日日吹送，但一天下來，他全身依然落滿石塵，石塵中常夾雜著碑文上的金箔。完工送貨時，他獨力扛起墓碑，有時騎摩托車，有時開小貨車，往墳場去。

不工作時的四叔，梳洗乾淨，打扮齊整，去看電影，去唱歌跳舞，也去學射箭。除此，他為了讓碑石上的字更漂亮，也找碑帖研究。很長一段時間，晚上還去學書法。逢過年，大玩幾場天九牌，然後，不論輸贏，出國旅遊，開工後又回到髒灰灰的日常。

我母親常說，父親賺錢少，沉迷賭博又愛喝酒，她自己賺的錢養家實在有限，而四叔工作辛苦，賺的都是血汗錢，他為家裡付出，從不計較，要我們記在心裡。我四叔則數度對我說起母親。他說，母親嫁過來時，他才讀小學三年級。新婚翌日一早，大家都還在睡覺，他起床就看到母親蹲在灶前煮飯，燒開水泡茶，那畫面讓他印象非常深刻。四叔又說，祖父母都是母親服侍照顧，從不和妯娌計較，從未有怨言，這樣的好女德，縣內找不到第二個，所以他很尊敬我母親，在他心目中，我母親就是他的母親。

我一直很想告訴四叔，我的生命中，父親嗜賭嗜喝，幾乎是缺席了，他就像我的父親。直到他車禍出院不久，有一天，我去探望，那時雇用的本勞辭去看護工作，外傭尚在申請中，四嬸恰好不在家，四叔大便失禁，兩個堂弟當時還小，不知所措，我幫忙處理。他側躺床上背對著我，直說不好意思，我一邊清理，一邊說：有什麼不好意思？在我心目中，你就是我爸爸，你給了我許多，我永遠記得，女兒幫爸爸做這些沒什麼啦。不知為何，說這些話時，也不覺得肉麻，只是眼睛痠脹，喉頭緊得很，分成幾段，才把話說完。

我離去前，四叔要我幫他關燈，播放江蕙的CD。看著那皮包骨的四肢，又想起以前四叔說過，縣內打石業者，除了不到五十歲就退休的蔣仔還活著，其餘全都患上塵肺病，活不過六十歲。如今四叔年已七十，這多出來的歲月，彷彿是他五十歲車禍後躺在床上換來的，多麼不堪啊。

「人孤單，像斷翅的鳥隻，飛袂行，咁講是阮的命……」暗黑的地窖裡，淒婉的歌聲流轉。

回家

祖父過世時我讀小五。那一兩年，我半夜起床如廁，數度見一熟悉身影貼在通往廁所的木門上。初始，我便懷疑那是祖父，又想著可能是自己睡眼惺忪看走眼，但揉了揉眼睛後，愈發確認那顆光頭與高瘦的身形確實是祖父。我談起這事，大妹說她也看過，她當時搖晃自己的身體，影子不動，又晃動一旁晾掛的幾件衣服，影子依然不動，她於是確定那光頭影子就是祖父。

怪的是，家裡除了我和大妹，沒有人見過祖父的影子。

當時我家廁所在屋外，不連主屋，夜晚如廁必須拉開那道木門，當半夜尿意來了，害怕撞上黑影，只好憋尿，實在忍無可忍了，勉強起床，快步前行，扳開門閂，拉開門，衝進離屋子還有五六步的廁所。如廁後，恐懼中，卻還思索黑影是否被我拉散掉，有一次，我回頭瞟了一眼，嚇得趕緊上床把頭埋進被窩。

其間，半夜的廚房也經常有鍋碗瓢盆碰撞聲，母親說是貓抓老鼠跑來跑去撞上鍋子，但那聲響顯然不像，祖母認為可能是祖父肚子餓回來找東西吃。母親又說，如果是祖父，不用怕，他很疼我們，不會故意嚇我們。

母親說的，我當然知道。祖父愛我們的方式就是幫他搥背，給一元或五角，要不就是喊他吃飯時，故意裝死，捉弄我們。我從未被祖父責罵過，唯一一次挨揍是和他去買醬油，進了店家，他收傘後把傘交給我，我抓著握把，不自覺地往地上捅了又捅，突然頭被賞了一巴掌，這才發現，他的第二根腳趾皮掀了一大塊，流出的血在雨水中暈開。不過，很快地，他又撫了撫我的頭。

儘管祖父是疼愛我的，可他一旦變成鬼，我怎能不怕呢？我連作夢都害怕。

那是個迷霧般的早晨，我蹲在祖母身旁看她梳頭，忽然發現祖父從巷口走過來。他不是死了嗎？我們明明送他到墳場，我還遠遠看著棺木下葬，可他真的是我祖父，穿的也是日常衣褲，特別是那條藍灰色長褲，做七時都燒給他了。我很害怕，躲到門後，從縫隙繼續觀察他。很快地，他已經走進屋子了，祖母竟然忘記他已經死了，她看了祖父一眼，然後在長髮上抹了茶籽油，邊梳頭，邊和他說話，我雖驚慌，還是喊了他。一喊完，夢也醒。

曾經，學生問我世界上有沒有鬼，我就想起我祖父。我說沒見過耶，無法回答，可能要等到老師死翹翹了才會知道答案，如果那時候知道答案了，再回來告訴你們好嗎。話未完，所有學生搖頭兼搖手，回答一致，簡潔俐落：不用不用不用不用。

我很愛我的學生，學生也喜歡我，但他們如此害怕未來的另一個我，如同我童年時害怕那幢黑影。這又讓我想起幾年前婆婆出殯後幾天，她穿著淺藍色短袖上衣，及膝花布短褲，赤腳走進我房間，我明知她死了，也不奇怪她進我房間，喊了一聲媽，害怕眼前隨即消失，什麼也沒說，只是趕緊問她，下輩子再當她媳婦好嗎，她毫不遲疑說，好——諾。那個「好」一字，音拉得好長好長。我猛然坐起，淚眼模糊，久久無法入睡。

希望我婆婆像我祖父那麼常回家，我已不害怕了。

阿不拉和他的妻子

阿不拉年輕時把自家雜貨店賭掉，後來央求伯父讓他在老家田畔蓋一間混凝土構造的房屋，房屋就在我家廚房對面，在我孩童時期，那是有錢人才住得起的。

阿不拉五官端正俊秀，唯檳榔不離口，嘴角經常滲出紅漬，眼睛也常布滿血絲。小時候我們喊他阿叔，嗨嗨笑笑回應，說我們真乖，久久就問一次讀幾年級了。他的父母很少說話，臉上像結了一層霜，我們喊叔公、阿婆，至多點頭回應。鄰居十幾年，記憶中，阿婆每天不停地做家事，有時幫忙帶孫子，有時幫媳婦做些成衣或其他家庭代工。叔公則是終日咬著菸斗，躺在躺椅上，若不嘖幾口煙、咳幾聲，那褐黑枯瘦的身子，真像木乃伊。

阿不拉的妻子美霞，熱情開朗，那個家的笑聲罵聲幾乎來自她，少了她，便失了生氣。有時，她的行止不太像長輩，然而，在小孩眼中更顯親切。

美霞是稻埕裡最美的媽媽，豐乳翹臀。頭髮，永遠保持吹燙過的膨捲，並且不時飄著定型膠的香味；白白的臉蛋，淺淺的腮紅，真像一顆水蜜桃，眉毛修得細細彎彎，再用咖啡色眉筆描挺；口紅塗得晶亮飽滿，卻從不超出唇線。她平日也化妝，是稻埕裡唯一留長指甲，塗指甲油的女人。但，腳拇指粗大得過分，活像龍蝦的一對螯。

那幾年，大人做成衣代工，孩童多半在課餘時間做外銷項鍊扣環賺零錢。美霞會主動招呼小孩子或胡亂開玩笑，她親切得像一塊大磁鐵，很多小孩喜歡到她家玩，到她家看電視，一起做手工。

有一次，我和妹妹在她家做項鍊扣環，搖籃裡的寶寶哭了，她抱起來，掀起衣服，讓寶寶吸奶。寶寶睡了，她忽然問妹妹想不想喝奶，我們一抬頭，客廳隨即飛濺出白色噴泉。她咯咯大笑起身，雙手像玩水槍般掃射，水柱忽遠忽近在小客廳裡追著我們跑。

我覺得美霞此舉很三八，心想，也難怪背後有人喊她「三八霞」。而三八事還有一件。有一天，美霞和她丈夫及我三嬸，輪流站上凳子，拿著像是削鉛筆機的小物，就著日光燈，轉動軸心，邊看邊笑。我好奇，等他們看完，把丟在茶几一角的「削鉛筆機」

也拿來就著光源看。美霞真熱心，她教我慢慢轉動，我才轉一格，就跳出令人臉紅心跳的洋人性愛畫面。真是羞死了，我立刻放回桌上，而美霞卻在一旁大笑。

後來阿不拉一家人悄悄搬離，在外租屋，房子則賤賣給鄰居。幾年後，忽然有建商來遊說地主在稻埕蓋大樓。老地主不肯，堅持等他「回去」後，稻埕上熱熱鬧鬧一番後才能蓋。拆屋蓋樓事暫時消聲。

不過，老地主走了，土地問題仍沉寂多年。直到這幾年才再度喧囂，並且鬧上法院。攪混一湖水的便是阿不拉，他是地主後代之一，因還賭債把繼承的持分權賣給一個台北投資客，投資客向法院起訴，依法終止稻埕裡住戶的「不定期限」地上權登記，住戶於是都成了被告。

其中一戶被告，阿不拉的堂嫂，也是地主之一，她批評阿不拉，說他以前都不繳地價稅，搬家也偷偷搬。賭輸那麼多家產，搞得這裡住了好幾代的老房子可能也要拆。拆厝，神明公媽神明桌要搬到哪裡去？然後，也議論起美霞：丈夫愛賭，她愛美食；唉，以前成衣廠代工，老人幫很多忙，發下工資，把老人忘在家裡，就只帶小孩去吃烤魷魚，去吃火鍋。

我聽著許多的不滿，心想，當年叔公阿婆始終如雕像般的臉孔，應該是被多年的憂愁刻畫出來的。

阿不拉一家人突然從稻埕裡消失那幾年，新春期間，我還見過他回來和老鄰居打麻將玩天九牌。自從土地持分賣掉後，再也沒遇過，聽鄰居說，今年曾見他騎機車，加速從稻埕穿過。「加速」兩個字，彷彿強調了阿不拉卑微不堪的人生境況。我突然心酸起來，想起有一年夏天豪雨，堤防被洪水沖潰，稻埕瞬間成了汪洋大海，才一會兒，大廳進水，水又淹到床上去，這時候阿不拉撐傘冒雨涉水前來，他攬著祖母的肩膀，一步一步走，然後又回來把小孩一個個接去他家。當時，我多麼羨慕他們家的房子堅固，風雨再大也不怕。

幾天前我回娘家，母親說，阿不拉的堂嫂說他死了。七十左右吧。母親掛念著怎麼把奠儀送去，鄰居阿嬸說不用送奠儀去。但父親過世時，阿不拉特地來拈香，也送來奠儀，母親過意不去。

最後打聽出他女兒開的一家服飾店，我陪母親把奠儀送去。她追問我們怎知道她父親過世，我一時不知如何回答。

母親送上奠儀，回送的毛巾上，孤哀子下五個泣拜的名字，三個改名，教人更感陌生了。

日常鄉間散策

不知何時起，不少外地人踩在宜蘭的土地上，會誇讚空氣清新甘甜，我們心裡清楚明白，有時仍要再問一次，真的嗎？又人家讚美宜蘭好山好水，說聲謝謝就好，偏要口是心非，把句子加長：好山好水好無聊。二〇〇六年雪隧通車後，句子又更長了：好山好水好無聊，路上塞爆受不了。

還好，路上塞爆是假日高速公路和風景區聯外道路的事，宜蘭人知道何時避開車潮，何時少往風景區去。而鄉間的田疇風光，純樸的村民，溫馨的人情，則是另一片天地，另一種美好的私景。

我出生冬山群英村，婚後定居順安村，二十幾年後搬家換屋，還是落腳順安村。群英和順安都是典型的鄉下農村。

我喜歡鄉下風情，喜歡在農路上胡亂穿繞。清晨、傍晚或晚上，農路不乏遛狗、慢跑、漫步快走者。日日走路中，我看到時光的腳步簌簌掠過每一寸土地。立春前後，播上秧針，不多久，青嫩轉油綠，綠浪翻湧，猜是夏至在即。浪蕊銘黃該是芒種，預告天氣要開始熱了。然後，大地金黃，收割。休耕。立秋。

宜蘭因氣候影響，一年一期稻作，稻穀收割後多數植田菁當綠肥，然後翻土掩施，注水，搖身一變汪汪水澤，狀可垂釣。這時候常見捕螺人腰繫繩，拖著漂浮的水盆，手拿網勺，邊走邊撈螺。撈了一盆又一盆後，穿上連身雨衣，戴了手套，泡在溝渠裡淘洗。過去農民恨得咬牙切齒，就算灑農藥也除之不盡的福壽螺，如今可交給農會銷毀，或賣給漁業養殖者餵泥鰍，當魚餌，是捕螺人源源不絕的「烏金」。有時，他們工作到暮色四合，便戴上頭燈，那又是一番風景。

這幾年，稻田裡新植了一戶又一戶的農舍，初始抗拒犯嘀咕，如今也已習慣了地貌的改變。既是鄰居，不論雪隧那端這端都歡迎。儘管幾棟巴洛克建築，雕欄華麗，院門貴氣，高高的圍牆，一副「謝絕往來」的表情，與山與水與土地極不協調，但轉個彎，畸零地，有果園有菜畦，雖凌亂，遠比氣派親切多了。

我時常穿過不知是誰家的園子，再經過一戶竹圍人家稻埕外，這戶人家隔著田野，和我家屋後距離約一百五十公尺遠。十幾年前，剛搬來時，自來水公司礙於成本考量，未埋管線，我們不考慮抽取地下水，只好向竹圍內這戶人家商量接水管，水費另付。對方說，都是鄰居，沒問題沒問題。幾年後，自來水公司來埋水管，我們於是各自分支。

在鄉下，鄰居的定義不同於城市，一農夫和我家相隔一大片稻田，過了稻田後穿過學校才到他家，農夫送來自家種的菜蔬，仍說和我們是鄰居。

過了這戶竹圍人家幾步路後，我必須過一條大圳溝，這條圳溝是從我家旁大水塘流過閘門，經過屋後，蜿蜒過來的。沿岸常有人垂釣。曾經，我觀察過流速、水深，心想，這樣的寬度根本是河，不是溝，非常適合划船。我告訴先生，想請人打造一艘纖維船。他說這溝水流快，水深，翻船會淹死人。浪漫的夢想只有剛搬來那幾年夏天，後來我就不再作夢了。

圳溝上一座水泥橋，一把年紀了，護欄不及膝，又細又瘦，上了苔色，也裸出鏽鐵，春天時，杜鵑花紅了橋頭，把它妝點得教人忘了它的歲數。多年前，縣政府為了防颱防汛，檢測所有橋梁並編號列管，其中包括了這條瘦橋。有一天，橋頭掛上「無名橋」三個黃字方牌，也編列號碼，我心想，橋都老得只剩一把骨頭，無名就是名，何必命名「無名」？後來媒體說縣內幾十座「無名橋」，附近居民覺得「無名橋」和「無命橋」，不論國語或閩南語發音都很相似，抱怨觸霉頭，於是沒多久，橋名就拆下了。

過了橋，圳溝邊水利地十幾畦菜園左右各自延伸開來，沒有一寸拋荒。柚花開的時節，有風無風，晴天雨天，香氣時時撲鼻。常見一年約七十的農婦，頭戴花布斗笠，身束護腰，腳套雨鞋，駝著快彎成九十度的身體，獨自在那兒翻土、植新苗、搭瓜棚、除草、採摘等等。不管晨曦或餘暉，她荷鋤時，淡然自足樣，開口，笑閃著兩顆銀牙。然而，她的身影裡，完全沒有採菊東籬下的悠然，只感知汗滴禾下土的辛勞。

末端菜園連著一畝水田。初始，遠看那一片像稻葉形狀，但高過稻子好幾倍的植物，好奇到底是啥，稍近，長葉突然窸窣窸窣晃動，很規律地，我停下來，葉身慢慢朝岸邊窸窣晃過來，一會兒，層層綠葉中透出細碎紅花色塊，細看，原來是花布斗笠，原來就是那農婦。原來，如此高大的植物是市場上連肘長都不及的茭白筍。

夏秋時節，農婦常穿著連身雨鞋，鑽進泥田割茭白筍。見綠叢中晃來花布塊，我便招呼。農婦不管在菜園在茭白筍田，彎腰和站立差別不大，和我說話都得抬下巴。我曾想像，年輕時，或許她也有雙茭白筍般的「美人腿」和直挺挺的身軀，許是嫁做農家婦，日日辛勞，養壯了青蔬，餵飽了家人，漸漸駝了自己。

月前經過，見老農下田翻土注水，一問，原來待芒種前後植入新苗。眼前茭白筍田依舊水汪汪的，一旁集中栽植的育苗已高過膝蓋。曾經插在土裡七八根選舉用的綠旗子，不知何時換上生石灰袋。嶄新的黃旗在風中飄飄墜墜。

前方，農舍零星幾戶，清晨傍晚散步，少見屋主露臉。

圳溝對岸菜園，一老太太常坐在一把矮竹凳上整菜理蔬，每回都是那頂顏色褪得看不出原色的帽子，讓我遠遠便認出是她。帽子是我搬來這兒就見她戴的，本該貼著下巴的鬆緊帶，也早垂垮在頸下了。

老太太兩隻膝蓋都開過刀，無法站直，無法蹲，走路很慢，有時拄著一根棍子助行。晨昏好天氣時，都是一把矮凳陪她在菜園梳理。菜園前方約七八十公尺十字路口轉角便是老太太的家。連著的幾間房子和我家門牌都是美和路，可分別是永美村和順安村，外來者常搞錯村名。我也不解。永美，永遠美麗；順安，順利平安。不必解。都好，都好。

過十字路口，便是二魱路，初見這路名，想起三星的尾魱，想起新竹的竹魱城，並且老覺得這地名與村內路名如永美路、永興路、順安路等格格不入。只是時日一久，便也不再多想。

去年冬日傍晚，我散步回家途中，路經離家不遠一處彎道，一名從未謀面，年約八十的老先生正在剪芒草。我招呼辛苦了，他口嚼檳榔的紅嘴咧笑，說是在「夜總會」上班，代割幾墳墓草，一墳三千五千，拿人家的錢，要常常去巡，剪仔隨時帶著，墓草割好，騎機車四處跑，路上看到哪裡草長，影響行車視線，就順手剪一剪。我一聽，大大讚賞他的善行，也問起家住哪兒，原來家在二塹路上一座老厝。我突然想起二塹地名，順勢問起為何那條路叫二塹。老先生轉頭，滿嘴黑牙和檳榔渣，邊嚼邊說：二塹仔，就是把頭「摃」下去，刀「鏨」下去。我以為他對我開玩笑，追問他怎會知道。他說小時候他祖母曾說原住民下山獵人首，就是把頭「摃」下去，刀「鏨」下去。二塹仔地名就是這樣來的。

我半信半疑，回家後，上網打關鍵字「二塹」，總算找到「二塹地名由來」：二塹港，是指與二塹港平行支長安圳，因該圳有擋門，將圳水分為高低兩段，故稱為二塹港。二塹，台語音為二段之意。

顯然，兩個版本的閩南語各自有所義涵，不過，老先生口中的典故似乎有趣多了。

一直走，一直走，在進入省道前左轉，踅回另一條平行的農路。常見遠處田埂七八隻野狗站成一排。再行走一段路後，便可斜過幾片稻田，在遠近零落的群屋亂樹中找到我家黑瓦屋頂一角。我初次發現，生起一股奇妙的愉悅感。家，那麼遠，那麼近。

再快步約三十分後會經過一所國中，國中後操場和我家隔著稻田相望。學校老師常把操場延伸到農路，早自習或上課時間，偶有老師帶著學生從操場出發慢跑，跑過家門前，繞完稻田一大圈，正好回到學校。放學後，有時十幾學生路跑，有時老師和七八名學生邊散步邊聊天，我曾放慢腳步聽他們聊功課，聊日常，嘻嘻哈哈哥兒們般。

這學校一個年級或三班或四班，運動風氣好。有一年暑假早上，我開車外出，遠遠望見矮牆內數名學生和一顆足球在草地上跑來奔去中，一背著嬰兒的男教練，在球場外時而吹哨指揮，時而雙手後撐著嬰兒的屁股，跟著球走走跑跑。那背影真美，梅西踢出的弧線球如何比得上？

鄉下沒有夜生活，晚上，昏暗的路燈下，農路上閃著一束束亮光，那是散步者的手電筒。宜蘭各鄉各村風景大約如此。

翻越之後

去年，四月三十日晚上，一學生臉書私訊我，簡短幾句提及慧軒意外走了，約個時間一起去探望。

慧軒畫了淡妝，很漂亮，熟睡般。我俯身透過玻璃，輕輕告訴她：老師想念你，同學也想念你，我們一起搭火車上山來看你了。

慧軒是我在國小帶的弦樂班學生，這班級我從三年級帶到畢業。我與每屆學生相處的記憶，都堆疊在收納箱，而這班級的箱子特別大。那四年，看著孩子由換恆齒到步入青春期，不知不覺間，幾顆小蘿蔔頭竟長得比我高。

胡媽媽早在簡訊中提了，謝謝大家關心，來了千萬別哭哭啼啼，那不是慧軒喜歡的格調。我們喝茶聊天，談各個求學階段的同班同學，談班上趣事，談慧軒上大學後開始關懷部落文化及自然生態等等。我告訴胡媽媽說，這女孩就是天使，上帝派來給人歡樂與關懷，天堂大概很需要她支援，只好把她召回。她說，現在只能這麼想了。

胡爸爸從人群中走來，說起慧軒和友伴前往南澳北溪展開五天的生態紀錄片《翻越之後》拍攝行程，當天早上溯溪渡河時，不慎踩空落水捲入激流，他自己是消防隊員，救了許多人，沒想到面對自己的女兒，卻無力救回。又談及慧軒已申請獎學金，九月就要到德國研究藝術與編劇，如今無法成行，會考慮帶著她的相片去德國幫她完成心願。然後，說起慧軒學攝影的過程，到餐廳駐唱打工賺學費，與媽媽曾發生過的衝突……，最後說，一定要好好籌劃，幫她辦個風風光光的告別式，好讓大家知道她有多優秀。然後，他又去招呼其他親友，重新說起慧軒，臉上一樣是疲憊中洋溢著驕傲。胡媽媽看著他的背影，喃喃自語，他這樣，很讓人擔心啊。我上前擁抱，心想，豈止胡爸爸讓人擔心，胡媽媽也是。明知唯有時間能沖淡悲傷，但日後怎麼走那段漫漫長路？

回到家，我依然難以接受如此噩耗，腦海裡時時刻刻都是她的身影，她拉大提琴，她和同學追逐玩鬧，她那雙黑亮的大眼睛。才二十六歲，正要開展豐富的人生。我淚眼模糊，從書櫃裡搬出十幾本教學檔案夾，找出班刊，找出慧軒寫的童詩手稿、一篇作文原稿，還有六年級時，同學互看作文，慧軒寫給同學的意見，這些全裝進大信封，翌日，送去給胡媽媽。

二〇一七年年末晚上，寒風細雨中，我來到武塔慕塔夏露營區觀賞紀錄片《翻越之後》放映。片中原是淨土的家鄉因南澳北溪上游石礦開發而遍體鱗傷，曾經「螃蟹要排隊」的清澈溪流，如今黑濁，不見蝦蟹。除了山林不似從前，生態失衡，原住民的獵場、狩獵文化也難以傳承。拍攝團員希望透過攝影及歷史脈絡，去追尋土地發展在文化、政策、環境間的最佳平衡點，也希望透過紀錄片的力量，讓被輕忽的問題重新被重視，隔閡的族群能相互了解，並且展開和平的對話。其中，慧軒說，部落文化劇烈消失，曾經嘗試向老人學習，但因老人年紀愈來愈大，記憶力也愈來愈差，也提及去年就想上山尋根，探查祖先居住環境，但，身邊的人都說她神經病。她說，可能性別的關係吧。但她說，泰雅的精神就是不斷地翻越。並且說，七月還要回來。

原來，翻越不只是翻越高山峽谷，更是生命試煉的翻越。

山的孩子

L，六十幾歲男人，國小退休老師，身體矯健，是宜蘭登山界名人，也是宜蘭休閒協會創會理事長。他原與兩名友人約好五月一起挑戰中央山脈縱走，但三月下旬卻未辦入山登記，隻身循其他路線，先行出發。L在臉書上提及，打算從高雄藤枝走回宜蘭，沿途也會與山友以衛星電話保持聯繫。但，幾天後突然失聯，連約好在東埔補給食物的朋友也空等二天折返。家人報案搜救，朋友另外籌錢找經驗豐富的原住民朋友幫忙搜尋，但最後都放棄救援。

先生也是協會會員，我因此見過L幾次面。但對登山休閒活動不感興趣，不曾參與，與L不屬熟稔。然而同是縣內退休老師，又與先生同一協會，傳來L登山失聯消息後，自是關心起他的安危。

這段日子，我特別留意網路即時新聞，也每天上L的臉書瀏覽。每次從不斷增加的祝福祈禱加油打氣動態時報貼文與留言，往前捲動到三月二十二日出發當天，然後停下來，重複看著L的貼文：「即使萬全準備仍須小心謹慎，希望老天幫忙才能過關！現在出發……」

「現在出發」，每回看到這四個字，彷彿見到L裝備齊全，拄著登山杖，豪氣干雲，往山裡行去。

再捲動到三月二十日，L出發前貼文：「年輕的夢想非常遙遠，但我卻想去實現它，圓夢計畫如果以個人的力量真的很難，但不是不可能……我感謝幫助我鼓勵我的朋友。一路上充滿危險，但希望天主聖母保祐我，這五十天能平安健康歸來！我在中央山脈手機沒訊號，但我會在有訊號的地方跟大家報平安！（登聖母山莊第 4818 4819）」

文末是他登礁溪聖母山莊的次數，目前尚無人破他紀錄。五千次是他今年的目標。

臉書留言貼文之外，最常聽到的便是，明知危險還單獨上山，命只有一條，死了什麼都沒有，實在有夠「聖」，怎麼那麼笨等等。我理解親友們的不捨與扼腕，也明白L懂這道理，更知曉如此行徑浪費了社會資源。但，我也相信L不致無故磨難自己，害苦搜救隊與親友。人生的入山口不只一處，他選擇了荒煙漫草與蛇虺魍魎，我想，那兒有他要的璀璨晚霞和美麗的月光。L也不單是為了打破中央山脈單獨縱走紀錄的小小虛榮，都已暮年了，還要邁向艱難，無非是向自己挑戰，把生命能量、目的，全匯集在一起，並發揮到極致，我以為那也是一種生命樣相的高度與堅持。

這幾天，氣溫陡然下降。有人說，L不餓死也會凍死。有一晚，我準備就寢前，望向窗外，厚重的雲層在細雨中不時躍出藍光，一片又一片，沒有雷鳴。我想像起L的可能境遇，也假想自己困在無邊無盡的黑暗中，於是回頭把燈關了，然後摸黑到窗邊。閃電持續。漆黑渺茫中，這才發現雲層裡彷彿躲藏了一籠籠金蛇，在破雲竄跳的同時，蛇信爭相吐出，彷彿挑釁著什麼。闃寂無聲的夜空，竟比夏日暴雷乍響更教人驚駭。

山上的雨可能下得更大，雨水是否窒息了L微弱的呼吸？我這麼想時，腦海裡浮現的，有時是幽黑的林子裡躺著一具被黑熊和山豬啃咬過的屍首，有時則是一具從脊稜滾落山腰，垂掛枝椏的人體。我把手伸出窗外，感受溫差，心想，我不也在爬一座山？一座矗立心中，難以丈量其海拔，名為「寫作」的山。這山不同於那山，同是挑戰自己，各有崎嶇，各有不同程度的堅持。

我揣想，有一天坐在電腦前，鍵盤連著幾聲輕響，突然就安靜了，然後，我躺在山的懷抱裡。也是好樣的。

我又去看L的臉書，又有臉友在動態牆上新增一則貼文「永不放棄」，也聽說協會有人提議家屬去入山口幫他招魂。

進入梅雨季了，傍晚，長長的雨，總算煞住，連綿的山脈，半隱在迷濛裡。也許，L早已成為山的孩子了。

後記

過去，白天上班，下班後匆匆買菜入廚，然後，洗碗洗衣晾衣，家事都忙完後，開始對著電腦螢幕敲打現在與過去，愈夜手指愈亢奮，無數個幽靜的深夜裡，充分享受寫作，也充分被若干不易言傳的文字折磨，凌晨一兩點睡覺是常事，隔日上班中午不休息還是一條龍。

這幾年，龍已經退化成蟲。老花眼鏡配了三副，乾眼症時犯，飛蚊飄移，愈夜手指愈困頓，腦愈昏。時不時坐骨神經痛，醫生說不能久坐。血壓偏高，醫生說睡眠要充足。然而，對文字癡愛，寫作信念真誠堅持，不讀不寫，心就疏荒。為了走更長遠的路，謹記「用眼要像用錢，省著點。」減少熬夜，規律運動。

我在五十五歲退休前夕，認真數算餘生：設若身體機能正常運作，估計還有七千三百天可以四處走動讀書寫字。如今居耳順之年，生命容貌逐日衰老傾塌，早已體會死亡無所不在，也許就在肩後，也許就要擁你入懷，稱得上有品質的人生真的只剩五千七百多天嗎？

曾聽幾位退休人士談起，一天時間那麼長，怎麼打發？早上去爬山，和山友泡茶聊天，中午吃飯，睡個午覺，起來到社區唱唱卡拉OK，或打打麻將，一天就過了。每次聽到那個「就」，心中便無限惋惜，自動把「就」替換成「又」。如果可以，把時間賣給我吧，五寸十寸都可以。

空想歸空想，最不濟定格指間流逝的時間，那麼搭車慢跑走路或爬山，口袋裡塞枝筆和小筆記本，靈光一現，於是記錄，回到電腦前，文章或補綴或增添；只是升格當了婆婆和阿嬤後，靈光成了廚房的油光，腦袋瓜閃現的常常是孫女不吃青椒、豌豆，媳婦孕期不吃韭菜，中午煮什麼，晚上煮什麼，五大類營養素都夠了嗎，冰箱還缺什麼，有時連明天要煮的也想好了，孜孜念念，彷彿出門還遛了一座廚房。

我喜愛寫作、喜愛閱讀，也享受為家人煮飯做菜的樂趣，卻也意識到獨處的時間愈來愈少，柴米油鹽逐漸規範了生活，擠壓了心靈空間和創作空間。阿盛老師數度對我說：「都已經二十九了，動作要快，趕快再出一本書。」盛師的子弟都明白，二十九不是數字，是一個隱喻，好比高齡產婦，婚後若想生育，那就快生，不要再拖了。上一本書是二〇一七年出版，爾後，現實與理想共舞，進一步，退兩步，間隔四年，如今，一疊文稿即將付梓，感謝盛師對一個家庭主婦不時鼓勵與敦促，教她在揮鏟甩鍋弄孫之餘，沒有忘記回到書桌前。

我內向少言，但胸口有個故事時，很樂於以文字分享。這個故事通常很小很小，卻有一股感動排山倒海而來。比如，鎮上一家咖啡館向前麵店老闆承租時，收了幾隻舊碗，於我，碗已經不只是碗了；我得知，趕緊以書換回兩隻，〈吃一碗扁食麵〉於是成篇。又比如，陪母親和三姨去尋訪她們的娘家舊址，兩人的神情、對話織就了〈火車路腳〉。幾年來的寫作態度如此，毫無計畫，許是一個遙遠的記憶蠢蠢而蠕，許是眼前的感動漲肥秋池，寫，真心誠意地寫，當字數累積成本，整理歸類，然後，以不可預期的面貌呈現給讀者。

校稿時，再度沉浸往昔時光，又笑又淚。感謝阿盛老師的指導，林文義老師不時捎來的鼓勵。感謝昭翡總編的厚愛，方梓老師的推薦序。感謝蓓芳小姐和其他編輯工作者，讓踢銅罐仔的人順利踢出一個又高又遠，弧形漂亮的銅罐仔。

國家圖書館出版品預行編目資料

踢銅罐仔的人 / 黃春美著 .
-- 初版 . -- 臺北市 : 聯合文學 , 2021.3
248 面 ;14.8×21 公分 . --（聯合文叢 ; 676）

ISBN 978-986-323-372-5（平裝）

863.55 110001294

聯合文叢

踢銅罐仔的人

作　　者／黃春美
發 行 人／張寶琴

總 編 輯／周昭翡
主　　編／蕭仁豪
資深編輯／尹蓓芳
封面繪圖／楊軒竺
資深美編／戴榮芝
業務部總經理／李文吉
行銷企畫／蔡昀庭
發行專員／簡聖峰
財 務 部／趙玉瑩　韋秀英
人事行政組／李懷瑩
版權管理／蕭仁豪

法律顧問／理律法律事務所
陳長文律師、蔣大中律師

出 版 者／聯合文學出版社股份有限公司
地　　址／(110)臺北市基隆路一段 178 號 10 樓
電　　話／(02)27666759 轉 5107
傳　　真／(02)27567914
郵撥帳號／ 17623526 聯合文學出版社股份有限公司
登 記 證／行政院新聞局局版臺業字第 6109 號
網　　址／http://unitas.udngroup.com.tw
E-mail:unitas@udngroup.com.tw

印 刷 廠／鴻霖印刷傳媒事業有限公司
總 經 銷／聯合發行股份有限公司
地　　址／(231)新北市新店區寶橋路235巷6弄6號2樓
電　　話／(02)29178022

出版日期／ 2021 年3 月　初版
定　　價／ 320 元

國|藝|會 NCAF 本書獲財團法人國家文化藝術基金會出版補助

ISBN 978-986-323-372-5（平裝）